insel taschenbuch 5065

Katzen lieben Weihnachten

Katzen lieben Weihnachten … überall blinkt und glitzert und duftet es verführerisch, und aus bunten Geschenkverpackungen werden wunderbare Verstecke.

Von einem Kater, der zur See fährt und an Heiligabend zum Lebensretter wird, einer Katze, die zum Internetstar avanciert und ihrem Herrchen eine ganz besondere Weihnachtsüberraschung bereitet, von einem Kater, der ein neues Zuhause in einer antiken Ausgrabungsstätte gefunden hat, und einer Catsitterin wider Willen, deren Leben eine unerwartete Wendung erhält … – davon erzählen die hier erstmals veröffentlichten Geschichten von Claire Beyer, Petra Busch, Dorette Deutsch, Roberta Gregorio, Carsten Henn, Gabriela Jaskulla, Petra Kleinert, Tatjana Kruse, Renée Legrand, Theresa Prammer, Christian Schnalke, Sabine Trinkaus und Franziska Wolffheim.

KATZEN LIEBEN WEIHNACHTEN

Die schönsten Geschichten zum Fest

Herausgegeben von
Gesine Dammel

INSEL VERLAG

Klimaneutral
Druckprodukt
ClimatePartner.com/14438-2110-1001

Erste Auflage 2024
insel taschenbuch 5065
Originalausgabe

Umschlaggestaltung: zero-media.net, München
Umschlagabbildung: FinePic®, München
Satz: Dörlemann Satz, Lemförde
Druck: CPI books GmbH, Leck
Printed in Germany
ISBN 978-3-458-68365-0

www.insel-verlag.de

INHALTSVERZEICHNIS

CARSTEN HENN
Hoch hinauf

›Mein kleiner Katzenpups‹ hieß früher Tiger und ganz eigentlich Günther, denn er stammte aus dem G-Wurf, genau wie seine bei anderen Menschen lebenden Geschwister Gesine, Guido, Gwendolin und Geronimo. Da er eine Orientalisch Kurzhaar war, sah er, egal ob liegend, sitzend, stehend und sogar gähnend, aus wie eine alt-ägyptische Gottheit. Er selbst betete am liebsten die Sonne an und wanderte mit den Strahlen des fernen Gestirns über den Parkettboden. Nach deren Untergang suchte er die Lüftungsschlitze einer Heizung oder die kuschelige Wärme einer Decke auf, vorzugsweise mit einem angenehm temperierten Menschen darunter. Wobei es in dieser Wohnung leider nur einen Menschen gab, der ihm das gestattete. Bärbel hatte zu ihrem 82. Geburtstag sogar eine Decke mit Wärmespulen geschenkt bekommen, ihrer Aussage nach das beste Geschenk ihres Lebens. Und zudem nur schwer entflammbar, was gut für ihre Nerven war, denn Bärbel dachte immer, dass irgendetwas in Flammen aufgehen würde, weil es das ja noch nie getan hatte und irgendwann wäre es deshalb bestimmt so weit.

»Er wird es gleich wieder machen, ich sag es dir! Meine ganze Rente würde ich darauf verwetten!« Hans saß auf dem von ihm neu gepolsterten Sessel im Wohnzimmer, blickte abwechselnd auf den Kater und den festlich geschmückten Tannenbaum, als bestünde Gefahr, eine blitzschnelle Bewegung zu verpassen. Dabei war niemand in der Wohnung mehr zu blitzschnellen Bewegungen fähig. »Immer am zweiten Weihnachtstag, weiß der Himmel warum. Seit geschlagenen vierzehn Jahren, Bärbel!«

»Er ist so ein braver Kater«, kam es von seiner Ehefrau aus der Küche. »Nicht wahr, mein kleiner Katzenpups, du bist der Liebste?«

Niemand wusste, warum es stets der zweite Weihnachtstag war. Nicht einmal der Kater selbst. Der Baum, stets eine Nordmanntanne, wurde alljährlich am Abend des 23. Dezembers geschmückt, unter Zuhilfenahme einer Flasche Fürst Metternich und eines Käse-Igels. Günther begann noch in der Nacht mit dem ganz unten hängenden Christbaumschmuck zu spielen. Am Heiligabend lag er zumeist unter dem Baum, hinter der kleinen von Hans selbst gebauten Krippe, oder warf sich in das zerknüllte Geschenkpapier auf dem Boden wie ein Turmspringer ins Becken. Viel war es nicht mehr, seit die Kinder so weit weg lebten, dass sie nicht mehr jedes Weihnachten kamen. Aber auch das wenige Geschenkpapier ließ sich so bespringen, als verstecke sich darunter eine fette Maus.

Am ersten Weihnachtstag gab es dann die Reste des Vortags zu essen, und Günther bekam sehr viel davon ab, weil Bärbel immer noch kochte, als säßen sie zu viert am Esstisch. Diese traditionelle Kater-Mästung begann schon am Morgen und endete erst am späten Abend. Den ganzen Tag über war er so erschöpft vom vielen Essen und Verdauen, dass er sich nicht die Mühe machte, den Weg zum Christbaum zurückzulegen, sondern einfach auf dem Teppich ratzte.

Am zweiten Weihnachtstag setzten ihn Bärbel und Hans

auf eine kurzfristige und nicht wirklich ernst gemeinte Diät. Günther war hungrig, und die Christbaumspitze lockte.

Auf dieser saß nämlich, falls er sich nicht täuschte, ein Vogel mit weißen Flügeln. Fraglos köstlich.

Ganz entspannt saß der dort. Geradezu dreist. Als wäre er völlig sicher. Als gäbe es hier keinen großen, gefährlichen Kater. Dabei war dies doch Günthers Reich! Eine Unverschämtheit!

Er rannte los und kletterte in hohem Tempo zwischen den Ästen des schwankenden Baumes bis hinauf zu diesem Mistvieh.

»Da! Ich wusste es! Habe ich es nicht gesagt? Das habe ich! Ganz genau das habe ich gesagt! Maßlos verzogen ist dieser Kater, und das haben wir jetzt davon!« Hans trat zum Tannenbaum, neben dem er schon eine Trittleiter bereitgestellt hatte, die er selbst – farblich passend zur Schrankwand – lackiert hatte. »Und gleich schafft er es wieder nicht mehr runter …«

Der komische Vogel schmeckte viel zu trocken und … einfach falsch. Günther kaute weiter darauf herum, weil sich der leckere Teil seiner Erfahrung nach einstellte, wenn man lang und fest genug kaute, aber in diesem Fall wurde der Geschmack nur schlimmer.

Außerdem wurde ihm erst jetzt klar, dass er sich ganz oben auf dem Baum befand, aber der Fußboden weiterhin ganz unten. Was ein Problem darstellte, das ausgiebiges Maunzen erforderte.

Dies wiederholte sich jedes Jahr, was Günther aber nicht wusste. Er erinnerte sich in diesem Moment an der Christbaumspitze, mit dem Rauschgoldengel aus dem Harz im

Maul, nicht einmal daran, was er zum Abendessen gegessen hatte. Hatte er überhaupt zu Abend gegessen?

»Immer das Gleiche! Jetzt kann ich wieder die Trittleiter aufbauen. Und das in meinem Alter. Komm endlich runter, du Mistvieh. Und wehe, du kratzt mich!«

Hans zog sich seit Jahren Arbeitshandschuhe für diese Weihnachtstradition an, aber manchmal fand eine von Günthers Klauen doch den Weg zu seiner Haut. Bärbel schimpfte den Kater danach lange aus, konnte aber natürlich nicht widerstehen, ihm das Köpfchen zu kraulen, wenn er sie verständnislos ansah.

Die letzte Christbaum-Besteigung in der Wohnung von Bärbel und Hans lag nun genau ein Jahr zurück. In gewisser Weise war es ein Jahr wie jedes andere gewesen, eines, das man nur kurz trug und wieder vergaß, eines aus der Bückware im Kaufhaus. Aber es war auch das Jahr gewesen, in dem Hans alles in der Wohnung und dem Keller repariert hatte und in dem nichts Neues kaputtging, weil er es so gut gemacht hatte. Seit Monaten hatte er keinen Schraubenzieher, keinen Hammer, keine Rohrzange mehr in Händen gehalten. Er kaufte sich neue Werkzeuge, wenn sie gerade im Angebot waren, aber er packte sie nicht einmal mehr aus der Einschweißfolie. Hans merkte es nicht, aber seine Hände bewegten sich in unbeobachteten Momenten, als schraubten sie, hämmerten oder sägten.

Günther blickte zur Christbaumspitze, auf der wieder ein glitzernder Vogel saß. Noch prachtvoller als im letzten Jahr – woran er sich natürlich nicht erinnerte.

Gern wollte er hinauf und ihn sich schnappen. Aber er war im vergangenen Jahr müde geworden, seine Knochen waren schwer, seine Sehnen starr. Mühsam schleppte er sich zum Baum.

»Da! Es geht wieder los, Bärbel. Oh, ich bin das so leid!«

Günther stellte sich mit den Hinterbeinen auf den Christbaumständer und streckte sich empor.

Nein, es ging nicht.

An zu vielen Stellen zwickte es.

Das war kein Vogel wert.

Er schlich zurück an seinen Platz auf dem Teppich, der hoffentlich noch etwas Wärme bot, und legte sich zum Schlafen hin. Nur wenig später fuhr eine Hand über sein Fell.

»Was ist denn los, mein Großer? Willst du nicht dein Engelchen holen?«

»Gut, dass dieses Elend endlich ein Ende hat! Muss ich mich nicht mehr hochquälen, um ihn runterzupflücken!«

»Schau doch, wie unglücklich er ist. Das war die größte Freude in seinem Leben. Und das soll jetzt für immer vorbei sein? Mein kleiner Katzenpups war doch immer so ein gefährlicher Jäger.«

»Ein Unruhestifter, das war er!«

»Ein großer, starker Kater …«

Bärbel und Hans sprachen an diesem Abend nicht mehr viel miteinander, eine Schwere lag über dem Weihnachtsfest. Früh gingen sie ins Bett.

Auch an den nächsten Tagen stieg Günther nicht empor, obwohl Bärbel ihn anspornte und sogar versuchte, ihn mit Leckerlis zu locken, die sie in den Baum hängte. Hans schnaubte nur verächtlich. »Endlich Ordnung!«

Zwei Tage vor Silvester besuchte Bärbel ihre Tante und

ihre Kusine im Nachbardorf, mit einem Strauß Blumen und einer Packung Pralinen. Eine Frauenrunde, weswegen Hans zu Hause bleiben musste. Zusammen mit Günther, der auf seiner Ecke des Teppichs saß. Manchmal schaute er empor zum Engel, aber meist rasch wieder fort.

Als Bärbel nach Kaffee und Kuchen am Nachmittag zurückkehrte, hörte sie schon im Flur ein lautes Maunzen.

Ein Maunzen, das ihr Freudentränen aus den Augen fließen ließ. Bärbel zog den Mantel nicht aus, sondern eilte direkt ins Wohnzimmer.

Wo Günther in der Christbaumspitze hing, den Engel im Maul.

»Oh, wie schön!« Sie schlug die Hände vor Freude vor dem Gesicht zusammen. »Aber wie …?«

Dann erst sah sie die kleine hölzerne Treppe, die neben dem Baum errichtet worden war. Grün gestrichen und mit Tannenästen bedeckt fiel sie zuerst gar nicht auf. Die Stufen waren genau so groß, wie ein alter, dicker Kater sie benötigte.

Günther heulte herzzerreißend. Eigentlich hätte er über die Treppe wieder hinabsteigen können, aber er war Traditionalist.

»Och, mein armer Kater, kommst du da nicht wieder runter?«

Hans zog sich die Arbeitshandschuhe an und holte missmutig grunzend die bereitstehende Trittleiter.

»Jetzt kann ich das dumme Vieh schon wieder runterholen …«

»Ich verstehe das alles nicht, du kannst den Kater doch gar nicht leiden?«

»Tu ich auch nicht. Kein bisschen. Ein Mistvieh ist er, dein kleiner Katzenpups.« Hans wandte sich an Günther. »Jetzt komm schon her, ich bin doch da. Hopp in meine Arme, du weißt doch wie.«

Günther kam. Und achtete darauf, dass keine Kralle Hans traf.

In den nächsten Jahren wurde die Christbaum-Treppe immer ausgefeilter, bis es irgendwann ein Aufzug für den altersschwachen Kater sein musste.

Hans konnte ihn immer noch nicht leiden, aber nachts durfte der Kater nun auch bei ihm unter die Decke. Und den Rauschgoldengel füllte er extra für seinen kleinen Katzenpups mit Baldrian.

Bärbel gegenüber hätte er das jedoch nie zugegeben.

Nicht einmal an ihrem höchsten Fest.

Dem zweiten Weihnachtstag.

FRANZISKA WOLFFHEIM
Sieben Leben

Katzen, heißt es, haben sieben Leben. Wenn sie von hohen Mauern oder Balkonen herunterspringen, ohne sich zu verletzen, landen sie womöglich in einem nächsten Leben. Frau Mendez, eine kleine Frau mit dicken grauen Locken, dachte mitunter, sie habe vielleicht auch sieben Leben. Allerdings sprang sie nicht von Mauern oder Balkonen herunter, obwohl sie für ihr Alter sehr gelenkig war. Das Ankommen im neuen Leben musste bei ihr anders laufen. Darüber dachte sie noch nach, sie erzählte sich gern selbst Geschichten. Im Moment war sie in ein Leben hineingeraten, in dem sie häufig Dinge durcheinanderbrachte. Mal ließ sie ihren Schlüsselbund in die Gießkanne plumpsen, ein anderes Mal landete der Kalender im Kühlschrank. Frau Mendez fand das nicht so schlimm und dachte, dass sie im nächsten Leben weniger Sachen vergessen und verlegen würde beziehungsweise die alten einfach wieder da wären. Vielleicht würde dann auch ihr goldenes Armband wieder auftauchen, nach dem sie schon lange suchte. Oder der rote Schal, den sie für ihre Enkelin strickte und der noch lange nicht fertig war. Das nächste Leben wäre also ein Wiederfinde-Leben.

Im Moment hatte Frau Mendez allerdings andere Sorgen. Vor Kurzem war Nana, ihre Katze mit dem hellbraunen Fell und den weißen Flecken auf Brust und Nase, verschwunden. Die alte Frau lebte allein in einer kleinen Erdgeschosswohnung am Stadtrand, in der Küche gab es eine Klappe zum Garten. Normalerweise kam Nana abends durch die Klappe nach Hause, manchmal mit einer toten Maus im Maul. Eines Abends blieb der Katzenkorb leer. Hoffentlich ist sie nicht überfahren worden, dachte Frau Mendez beklommen. Nana trug ein Halsband mit ihrem Namen und einer Telefonnummer, doch niemand hatte sich gemeldet.

Dieses Mal gelang es der alten Frau nicht, sich mit einer ihrer Geschichten zu trösten, auch wenn sie sich noch sehr bemühte, Nana in Gedanken in ihre warme Küche und in den Katzenkorb zurückzubeamen. Sie hatte jeden Winkel der Wohnung abgesucht, den Garten, den Gartenschuppen, den Eichenpark um die Ecke. Nichts. In den Straßengräben in der Nähe wollte sie lieber nicht nachsehen. Frau Mendez war tief betrübt. Im nächsten Jahr würde sie achtzig Jahre alt werden, das glaubte sie zumindest, und Nana fünf. Zusammen immerhin 805 Jahre – oder so ähnlich. Vielleicht würde sie Nana in ihrem nächsten Leben wiederfinden, aber das dauerte ihr eindeutig zu lange. Das goldene Armband konnte warten, Nana nicht. In ein paar Tagen war Weihnachten, ihre Tochter und Elsa, die Enkelin, würden sie abholen, um bei ihnen zu feiern. Nana sollte dabei sein, wie immer.

Dreimal sieben Tage war Nana bereits verschwunden, wenn Frau Mendez richtig gezählt hatte. Eigentlich mochte sie die Zahl, nicht nur wegen der sieben Leben. Es gefiel ihr, dass ihr Kopf insgesamt sieben Öffnungen hatte, um die Welt in sich aufzunehmen. Dann gab es auch noch die sieben Farben des Regenbogens. Die sieben Weltmeere. Die Wolke sieben. Den siebten Sinn. Zu allem fielen Frau Mendez immer neue Filme ein, die sie in ihrem Kopf drehte. Über die sieben Todsünden in der Bibel dachte sie häufig nach. Völlerei war eigentlich okay, Trägheit ebenfalls – sie selbst fühlte sich manchmal ziemlich müde –, aber Geiz und Neid waren ihr zutiefst unsympathisch, in der Weihnachtszeit erst recht.

Schließlich, als es immer noch kein Lebenszeichen von Nana gab, beschloss Frau Mendez, nicht länger zu warten. In der Zeitung hatte sie von dem Tierheim am anderen Ende der Stadt gelesen. Vielleicht war Nana dort gelandet, das war zumindest eine Chance.

An einem kalten Tag, als dicke Schneeflocken vom Himmel herabtanzten, machte sie sich mit dem Bus auf den Weg. Elsa, die regelmäßig nach ihrer Oma schaute und stundenlang mit Nana schmuste – zumindest wenn die Katze Lust darauf hatte –, begleitete sie. Elsa trug den kleinen Käfig, in dem ihre Oma Nana gelegentlich zum Tierarzt gebracht hatte.

Als die beiden Frauen das Heim betraten, schlug ihnen durchdringender Lärm entgegen. Hunde kläfften, Wellensittiche zwitscherten, Katzen miauten, alle durcheinander, und ein Papagei sagte mit tiefer Stimme in Endlosschleife: »Ich fasse es nicht, ich fasse es nicht!« In anderen Käfigen waren Kaninchen, Meerschweinchen, Schildkröten und sogar zwei Schlangen. Ein strenger Geruch lag in der Luft.

Frau Mendez stellte sich vor, alle Tiere würden zusammen auf einer großen Arche Noah über das Meer fahren und auf einer Insel landen, wo jeder genug zu fressen hatte und machen konnte, was er wollte. In diesem Moment kam eine großgewachsene Frau, offenbar die Chefin, zu ihnen und riss Frau Mendez aus ihren Gedanken. »In der Weihnachtszeit werden leider immer viele Tiere ausgesetzt«, sagte die Frau. »Wir wissen gar nicht, wo wir sie alle unterbringen sollen, unsere Käfige sind voll.«

Frau Mendez und Elsa sahen sich um und entdeckten in einer Ecke einen Käfig mit einem großen Kratzbaum. In der Mitte lag eine Katze mit hellbraunem Fell, Brust und Nase waren weiß. Am Käfig war ein Schild angebracht: »Ich heiße Anna, bin temperamentvoll und lasse mich gern streicheln. Wenn ich keine Lust darauf habe, zeige ich das auch.« – »Sie sieht Nana total ähnlich«, meinte Elsa zu ihrer Großmutter. »Nana war auch ziemlich eigensinnig«, ergänzte Frau Mendez. »Aber Anna ist deutlich runder als Nana«, wandte Elsa ein. »So was kann sich ändern«, sagte ihre Großmutter und lachte. »Dürfen wir sie mal nehmen?«, fragte Elsa die Leiterin. Kurze Zeit später lag Anna in den Armen von Frau Mendez und ließ sich geduldig kraulen. »Jemand hat sie hier in die Tierklappe gelegt. Allerdings hatte sie kein Halsband, deshalb haben wir sie Anna genannt. Unsere Katze scheint Sie ja zu mögen«, sagte die Chefin freundlich zu Frau Mendez. »Die nehmen wir mit«, entschied die alte Dame nach einer Weile.

Als sie in der Wohnung von Frau Mendez ankamen, fand Anna sofort den Weg in die Küche und schnupperte an dem Fressnapf. Kurz streifte sie am Kratzbaum im Wohnzimmer entlang, marschierte in die Speisekammer, wo Frau Mendez das Katzenfutter aufbewahrte. Schließlich leerte sie gierig den Fressnapf, den Frau Mendez inzwischen gefüllt hatte, und streckte sich dann in Nanas Korb aus. »Sie scheint sich hier bestens auszukennen«, sagte die alte Frau. Elsa nickte, beugte sich zu Anna herunter und streichelte ihren Bauch, wie sie das immer mit Nana getan hatte. Nach einer Weile war Anna eingeschlafen.

Am Heiligabend war der Himmel milchig weiß, als habe er große Mengen Schnee geladen. Frau Mendez hatte sich fein gemacht und trug einen schwarzen Glitzerpulli, dazu einen lila und einen goldenen Ohrring. Am frühen Nachmittag klingelte es, Elsa und ihre Mutter standen vor der Tür. »Bist du fertig?«, fragte Elsa, und ihre Großmutter nickte. »Wo ist Anna?«, wollte Petra, ihre Tochter, wissen und runzelte die Stirn. »Es ist ja nicht das erste Mal, dass hier etwas verschwindet.« – »Ich möchte euch etwas zeigen«, sagte Frau Mendez, »kommt mit.«

Gemeinsam gingen die drei Frauen nach draußen. Frau Mendez zeigte auf den Gartenschuppen. »Da ist es.« Vorsichtig öffnete Elsa die Tür, und ein vielstimmiges Mauzen kam ihnen entgegen. Der Deckel des Gartengrills stand offen, darin saß Anna auf einem alten Kissen, um sie herum lagen sieben Kätzchen. Die Kleinen hatten etwas Asche im Fell, und Anna versuchte vorsichtig, sie mit ihren Krallen herauszuharken. »Ich hatte wohl vergessen, den Grill zuzumachen«, meinte Frau Mendez, »aber umso besser, Nana, oder von mir aus Anna hat ein schönes Nest gefunden.«

»Da ist ja auch mein Schal«, rief Elsa und zeigte nach oben. Unter der Decke, an einem Haken, baumelte ein großer pausbäckiger Weihnachtsengel. Um seinen Hals hing ein halber roter Schal, am Handgelenk trug er ein goldenes Armband. »Offenbar bin ich jetzt in meinem Wiederfinde-Leben angekommen«, sagte Frau Mendez zufrieden. »Keine Ahnung, wie das Zeug hierhergekommen ist. Dahinter steckt bestimmt eine Geschichte. Ich werde mal darüber nachdenken.«

PETRA BUSCH
Unterm Holunderbaum

Im Dorf erzählen sie viele Geschichten über die uralte Mathilda. Und je näher es gegen die Heilige Nacht und die Zeit zwischen den Jahren geht, desto böser wird das Getuschel. Das war dieses Jahr nicht anders. Vor allem Torben hat kräftig mitgemischt.

Ich kauere frierend im Schnee unter dem Holunderbaum und warte. Warte, dass sich die Tür des Häuschens öffnet, Mathilda mit den Gaben herauskommt, sie unter den Holunderbaum legt, die klappernden Fensterläden schließt und mich in die warme Stube lässt. Zum Schutz gegen Wind und klirrende Kälte habe ich mir eine tiefe Mulde gebuddelt. Seit Stunden harre ich aus.

Inzwischen hat sich die Winternacht über das Land gelegt, hinter bleischwarzen Wolken schiebt sich für Momente der Mond wie ein bleiches Gesicht hervor und taucht Mathildas und mein Reich in silbriges Licht: das kleine Haus am Waldrand, den Vorgarten und den schiefen Holzzaun mit dem quietschenden Tor, seitlich des Hauses die Kräuter- und Gemüsebeete. Aus dem Dorf dringt von fern das Heiligabendgeläut über die Felder und den zugefrorenen Weiher herüber und verfängt sich mit den heulenden Böen zwischen den verschneiten Tannen auf der Rückseite unseres Domizils. Hunger und Frost kriechen bis in mein Innerstes, und je weiter die Nacht fortschreitet, desto fester umklammert die Angst mein Herz mit eisigen Krallen.

Der Holunderbaum steht vor Mathildas Haus. Seine

kahlen Äste ragen wie dürre Handknochen bis vor das hell erleuchtete Küchenfenster. Eine Warnung, denke ich und hebe den Blick. Mathilda geht gebeugt in der Küche auf und ab. Auf und ab. Sieht heraus, geht weiter. Sie tigert umher wie einer meiner großen Verwandten im Zoo, ein gefangenes Raubtier, das voller Sehnsucht durch die Käfigstäbe in die Freiheit blickt.

Mathildas Käfig besteht nicht aus Eisen. Er ist nicht sichtbar, und doch schließt er sich um ihre Gedanken, seine Tür geht immer weiter zu. Mathildas Demenz sperrt Realität und Erinnerungen aus und wirre Fantasien in ihrem Kopf ein. Mit der Realität vergisst sie zunehmend auch mich. Mützchen. Ihre alte Katze.

Heute Morgen lag Marmelade in meinem Futternapf, und Mathilda hat sich mit der Lesebrille die Zähne geputzt. Nachdem sie mich hinausgelassen hat, hat sie die Haustür geschlossen und mich seither aus dem Gedächtnis verloren. Ausgerechnet heute! Wo um Mitternacht die magische und gefährlichste Zeit des Jahres beginnt. Die Zeit, in der man Regeln streng einhalten muss und Rituale praktiziert – Mathildas Lieblingszeit: die Raunächte! Niemand sollte dann draußen sein. Niemand der Totengöttin Perchta begegnen. Das kann einen das Leben kosten. Deswegen bleiben wir normalerweise im Haus, schließen die Fensterläden und rühren nicht an dem Geheimnis von Frau Perchtas Aussehen.

Ich zittere, als eine Windböe scharf in mein Fell fährt, sodass die Schneeflocken, die sich immer wieder auf meinen schwarzweißen Pelz setzen, davonstieben. Noch zwei Stunden bis Mitternacht.

Das Glockengeläut verstummt. Drüben im Dorf beginnt die Messe. Mathilda ist stehen geblieben, das Gesicht nah am Fenster, sie sieht reglos heraus. Ich kann die Falten und das rot umrandete, etwas tiefer liegende Auge erkennen, das immer ein bisschen tränt. Ob sie an Emil denkt? Oder ob sie auf Torben wartet, ihren Stiefsohn, den Emil mit in die Ehe gebracht und den sie liebevoll großgezogen hat? Torben, der am heutigen Weihnachtstag nicht gekommen ist, um Zimt- und Walnusskekse zu essen und dampfenden Kakao zu trinken, und um seine doppelte Menge Geschenke abzuholen – weil er heute nämlich auch Geburtstag hat. Seit Kindheit an ist Torben jeden Heiligabend hier und nimmt, was er kriegen kann, obwohl Mathilda arm ist. Heute sitzt er nicht auf der Eckbank in der Küche. Hat er ebenfalls gemerkt, dass Mathilda seit dem Frühsommer immer zerstreuter wird, sie die Nüsse im Garten liegen gelassen und nichts gebacken hat? Erst letzten Sonntag hat er nach dem Gottesdienst auf dem Dorfplatz gestanden und den Leuten erzählt, dass seine Stiefmutter jetzt komplett geisteskrank und nicht nur in den Raunächten besessen sei. Dass er sie im Pflegeheim unterbringen müsse – zu ihrem eigenen Schutz.

Ich kann den Kerl nicht ausstehen. Torben ist um die 70, groß und zu fett, hat tausende blaurote Äderchen auf der Nase und weder Frau noch Kinder. Was er mag, beschränkt sich auf seine Geschäfte und seinen Reichtum. Eine Pflegerin, die Mathilda zu Hause versorgt, könnte er locker finanzieren. Sein Plan aber sieht anders aus.

Dass Mathilda ihr Häuschen so sehr liebt, spielt dabei keine Rolle. Das Häuschen, das einmal sonnengelb getüncht war und von dem jetzt gräulicher Putz abblättert, bei dem der Regen durchs Dach tropft, der Ofen qualmt und kaum noch wärmt, durch dessen morsche Fensterrahmen der Wind hereinzieht.

Freiwillig kommt Torben nicht hierher. Er lässt sich nur deswegen blicken, weil er sichergehen will, dass Mathilda ihn nicht verrät. Denn Torben hat Böses getan – und sie ist Zeugin seiner Tat. Also gibt er sich als der besorgte Sohn aus, der er nicht ist.

Jetzt legt Mathilda eine Hand ans Fenster. Die Wange unter dem tränenden Auge glänzt. Versteht sie noch, was für ein Tag heute ist? Erinnert sie sich, welche Schuld ihr Stiefsohn auf sich geladen hat? Ich fürchte, dass Torben es nun geschafft hat.

Wenn er an ihrem Geburtstag oder an Weihnachten in Mathildas Küche sitzt und sie ihm zwischen üppigen Topfpflanzen, Häkelpüppchen und frisch dampfendem Tee von den Dämonen und der Totengöttin Perchta erzählt, die zwischen Weihnachten und dem Dreikönigstag auf der Erde umherreitet und sich die bösen Menschen holt, tätschelt er ihre Hand und sagt mit falschem Lächeln: »Das hast du mir doch schon als kleiner Junge beigebracht, Tildchen.« Am Abend sitzt er in der Dorfkneipe beim Bier und lacht über Mathildas Weltanschauung, und die, die für ihn im Stall arbeiten, lachen brav mit.

Torben besitzt ein Gestüt und Ländereien, züchtet Rennpferde und fährt ein dickes Luxusauto. Seine Tiere behandelt er nicht gut. Seine Stallknechte und Jockeys ebenso wenig. Man munkelt, er sei ein Betrüger. Dass er in jungen Jahren eine wertvolle Stute und einen Hengst gestohlen und mit denen seine Geschäfte begonnen habe. Dass er bis heute die Tiere dope, um sie weit über Wert zu verkaufen, nur, damit sie unter den Qualen des Rennsports dann zusammenbrechen. Vielleicht nur Gerüchte. So genau weiß das niemand. Vieles hier ist nur Vermutung.

Zum Beispiel Mathildas Alter. Man hört alles von 90 bis 101. Sicher ist hingegen, dass ich 18 Katzenjahre alt bin. Rechnet man das in Menschenalter um, bin ich nur wenig jünger als sie, nämlich 88. Mathildas Haar ist lang und grau, sie steckt es immer hoch. Mein Fell ist schwarzweiß und kurz und wird von Tag zu Tag struppiger. Mein Kopf sieht aus, als trage ich eine schwarze Mütze über einem weißen Gesicht. Deswegen nennt Mathilda mich »Mützchen«. Beide sind wir klapperdürr, mittellos, sind bisher aber irgendwie durchs Leben gekommen.

Die Windböen verdichten sich zum Sturm, die Kälte beißt in meine Pfotenballen, der Mond ist verschwunden, und Schneeflocken wirbeln wild durch die Luft, bevor sie zu Boden sinken. Allmählich verschwinde ich wieder unter einer Schneedecke. Nur den Kopf schüttle ich regelmäßig frei, damit ich alles gut beobachten kann.

Die Kirchenglocken schlagen elfmal. Noch eine Stunde bis Mitternacht. Bis zum Beginn der 13 Raunächte – und nichts ist vorbereitet: Über Mathildas gebeugter Gestalt sehe ich Spinnweben, zwischen den Bodendielen sammeln sich seit Wochen Krümel, schmutziges Geschirr stapelt sich im Spülbecken, und die trockene Wäsche hängt noch im Keller. Die Topfpflanzen auf den Fensterbänken stinken längst nach Tod und Friedhof, weil Mathilda sie bestimmt fünfmal am Tag gegossen hat und sie verfault sind. Dafür hat sie den Garten kaum mehr versorgt. Weder stehen heute Kräutermischungen zum Räuchern parat noch liegen Zimt- und Nusskekse, Bratäpfel und Pfannkuchen unter dem Holunderbaum.

Mathilda tritt vom Fenster weg und geht wieder auf und ab. Auf und ab. Graue Strähnen haben sich aus ihrem Dutt gelöst.

Trauer ergreift mich, mischt sich mit der Angst und der Hilflosigkeit, und ich ziehe die Beine fest unter meinen Körper, mache mich ganz klein. All die Jahre war Mathilda für mich da. Sie hat mich gefüttert, gebürstet, war mit mir beim Tierarzt, hat meine Blessuren versorgt, wenn ich bei der Jagd im Geäst hängengeblieben bin oder mit dem Wildkater hinten im Wald gekämpft habe.

Jetzt muss ich für Mathilda da sein! Unwillkürlich peitscht mein Schwanz durch den Schnee. Meine Gedanken flüchten in alle Richtungen, rasen hin und her wie verängstige Mäuse beim Anblick meiner Reißzähne. Tief atme ich die eisige Luft ein und aus. Schließlich nimmt ein Plan in meinem Kopf Form an.

Mit steifgefrorenen Beinen stehe ich auf.

Eigentlich liebe ich Weihnachten und die Raunächte. Mathilda und ich fürchten Frau Perchta und ihr dämonisches Gefolge nicht, die Torben für Aberglaube hält. Wir besänftigen sie. Wenn sie heute vom zwölften Glockenschlag an bis zur Mitternacht vor Dreikönige durch die Lande reiten, belohnen sie Ordnung und Fleiß, bestrafen Lüge und Faulheit und bringen den Tod über schändliche Menschen. Frau Perchta ist es, für die Mathilda an jedem

Raunachtsabend Geschenke unter den Holunderbaum legt.

Unter Schmerzen mache ich einen Buckel, strecke dann die Vorderbeine nach vorn und den Hintern in die Höhe. Der Schnee fällt von mir herab.

Frau Perchta herrscht als Totengöttin über die Anderswelt. Und das Tor zur Anderswelt – so erzählt es die Legende und Mathilda hat es mir erzählt – befindet sich unter einem Holunderbaum. Natürlich unter *unserem* Holunderbaum. Denn der ist der größte und prächtigste, hat im Frühjahr die am süßesten duftenden Blüten und trägt im Herbst die prallsten blauschwarzen Beeren auf der ganzen Welt.

Wenn sich heute Nacht das Tor zur Anderswelt öffnet, verlieren die Naturgesetze ihre Kraft, wir Tiere sprechen mit Menschensprache, und jeder, der möchte, findet eine tiefe Verbindung zur Natur und kann sein Wohlergehen fürs kommende Jahr sicherstellen. Doch nur dann, wenn er Frau Perchtas Gesetze erfüllt. Mathilda kann es nicht mehr. Also muss ich es für sie tun.

Bevor ich losgehe, schaue ich zum Küchenfenster hinauf. Mathilda geht noch immer auf und ab, bewegt jetzt die Lippen. Bestimmt redet sie wieder mit Emil. Seit Wochen macht sie das. Gerade so, als stehe ihr Ehemann ihr leibhaftig gegenüber oder säße neben ihr auf der Eckbank und löffle heiße Erbsensuppe. Dabei liegt Emil seit 60 Jahren schon auf dem Kirchhof. An die Geister der Raunächte hat Emil nie geglaubt. Aber er hat Mathilda aufrichtig geliebt und ihr zuliebe alles mitgemacht: Es wurde nicht geputzt und nicht gearbeitet, keine Wäsche gewaschen, aufgehängte Stücke nahm Mathilda ab, sie brachten das

Haus noch vor Weihnachten auf Hochglanz, stellten Kerzen ins Fenster und räucherten Nacht für Nacht das Haus mit Mathildas geheimen Kräutermischungen.

Schritt für Schritt bahne ich mir einen Weg um die Ecke des Hauses Richtung Kellerfenster. Es liegt ebenerdig zum Kräutergarten. Genau vor diesem Fenster – ich hatte im sonnigen Salbeibeet in der Sonne gelegen und ein Eichhörnchen im Walnussbaum beobachtet, Mathilda hatte im Beet daneben Beifußpflanzen gesetzt – hat Mathilda mir das erste Mal von Emil erzählt. Sie ist ihm in einer Weihnachtsnacht wie der heutigen begegnet.

Draußen war es finster gewesen. Der Winter hatte seine eisigen Klauen nach allem Lebenden ausstreckt und der Schnee die guten und bösen Taten gleichermaßen verschluckt. Mathilda, 19 Jahre alt, klopfte Punkt Mitternacht splitternackt gegen den verzierten Steinofen in ihrem Elternhaus. Denn wenn man das tat – so hatte sie gelesen –, erschien einer Jungfrau ihr künftiger Ehemann. Und siehe da: Plötzlich stand der junge Zimmermann Emil in der Stube. Er lebte außerhalb des Dorfes in einem Haus am Waldrand, trug seine schwarze Arbeitskluft. Die Flammen warfen einen flackernden rotgoldenen Schein auf seine markanten Wangenknochen. Seine Augen funkelten. Verschämt presste Mathilda sich hinter den Ofen, doch so unvermittelt, wie Emil erschienen war, war er schon wieder verschwunden. Mathilda roch noch tagelang die harzigen Sägespäne, die in seiner Kleidung gehangen hatten, und sie schwor jedem, er sei tatsächlich bei ihr in der Stube gewesen und würde sie bald ehelichen.

Die Leute im Dorf lachten sie aus, als Emil im Frühjahr

heiratete – doch nicht Mathilda, sondern die Anna, die Tochter vom Kuhbauern Alfons. Anna zog zu Emil ins Haus am Waldrand, und im Sommer hatte sie schon einen dicken Bauch.

Mathilda war überzeugt davon gewesen, dass Emil die Falsche geheiratet hatte und die Ehe nicht gut enden würde. »Quatsch! Du mit deinem Geisterblödsinn«, sagte die Bäckersfrau dazu, und der Sohn des Metzgers hatte erklärt: »Du verschrobenes junges Ding, so kriegst du nie einen Mann ab!«

Neues Glockengeläut setzt ein, als ich durch die schmutzige Glasscheibe in den Keller spähe. Drinnen hängt die Wäsche auf den Leinen, die sich von Wand zu Wand spannen, sogar ein Bettlaken ist dabei. Mein Fell sträubt sich. In der Wäsche verfangen sich die Dämonen und bringen ewiges Unglück, und falls sich jemand aus Perchtas Gefolge gar in einem Bettlaken verheddert, wird dieses zum Leichentuch für die Hausbewohner.

Ich stelle mich auf die Hinterbeine und stemme die Vorderpfoten gegen die Fensterscheibe. Der Innenriegel ist kaputt, das weiß ich. Doch das Fenster sitzt fest. Zweiter Versuch. Nichts. Nach Minuten der Anstrengung schiebt sich mit leisem Quietschen ein Spalt auf. Ich raunze vor Erleichterung und erschnuppere den Duft von Lavendel, Natron und Seife. Rasch zwänge ich mich hinein und lande mit einem wackeligen Sprung auf dem Betonfußboden. Meine Hüfte knackt, ich knicke hinten ein, ignoriere den Schmerz, komme wieder auf die Pfoten. Über mir hängen geblümte Röcke und Blusen, beige Wollstrümpfe, zwei Strickjacken, das Bettlaken und meine Decke mit dem Pfotenmuster.

Dooong, dooong. Ganz leise nur höre ich es hier unten: Die Glocken läuten zum Vaterunser. Ich sehe es vor mir, wie sie sich jetzt von den Kirchenbänken erheben, Schulter an Schulter, wie sie fromm die Hände falten und Torben mit gesenktem Blick »Und vergib uns unsere Schuld« nuschelt, in der Hoffnung, dass sein Frevel zwar nicht von Gott, aber von Mathilda vergessen wird. Ich fahre die Krallen aus und setze zum Sprung auf das Bettlaken an.

Ich bleibe hängen und schaukle hin und her. Schwer atmend lasse ich mich fallen, wiederhole den Sprung. Beim vierten Versuch klappt es, ich lande samt Laken auf dem Boden. Mache mich eilig an meine Pfotendecke, zuletzt an Mathildas Kleidung. Meine Hüfte knirscht grässlich dabei, und mir entweicht ein gequälter Schrei. Als die Wäsche endlich komplett auf dem Boden liegt und ich schwer atmend ausruhen muss, schlägt die Kirchturmuhr halb zwölf.

Nur noch eine halbe Stunde! Jetzt schnell das Haus sauber machen. Doch wie? Ich komme ja nicht einmal hinauf ins Erdgeschoss. Die Tür zur Treppe ist immer abgeschlossen. Ich kann auch keine Kerzen anzünden und ins Fenster stellen, um böse Geister fernzuhalten. Räuchern schaffe ich als Katze auch nicht.

Mein Plan ist dumm. Nicht durchführbar.

Ich springe auf den Fenstersims zurück und drücke mich durch den Spalt ins Freie.

Die Katastrophe wird ihren Lauf nehmen.

Mit angelegten Ohren tapse ich am Haus entlang Richtung Holunderbaum. Im Dorf eilen sie jetzt aus der Kirche, gehen in ihre geschmückten Häuser und streiten sich hinter verschlossenen Türen: Torben mit seinen Stallknechten, der Pfarrer mit der Haushälterin, von der er die Finger nicht lassen kann, Ehefrauen mit ihren Schwiegermüttern. Und sie zerreißen sich über Mathilda das Maul, all die, die nichts über ihr Leben wissen, aber ganz viel Meinung dazu haben. Mir sind solche Menschen zutiefst zuwider.

Ich komme zum Holunderbaum, hoffe verzweifelt, dass Mathilda wenigstens noch eine Scheibe Brot hingestellt hat, dass sie doch noch begreift. Vergebens. Nichts außer meiner mittlerweile zugeschneiten Mulde. Nichts außer dem leeren hellen Fenster und den kahlen Zweigen davor, die mir im Wind jetzt zuwinken und flüstern: »Nimm dich in acht, Katze!«

Mathilda sehe ich nicht. Wahrscheinlich hat sie sich erschöpft auf die Bank gesetzt und ist eingeschlafen, den Kopf auf den Küchentisch gebettet, wie so oft in letzter Zeit.

Dooonng, dooong. Viertel vor zwölf.

Mathilda muss aufwachen! Mich reinlassen! Wenn ich mich auf dem Boden wälze, kann ich so vielleicht die Krümel zusammenfegen. Ich kann ein Geschirrhandtuch mit dem Maul packen, auf die Spüle springen und es über das dreckige Geschirr ziehen. Ich kann …

Sekunden später miaue ich schrill vor der Haustür. Kratze an ihr. Lack blättert ab. Ich lausche. Nichts rührt sich. Wieder miaue ich, schreie, weine, bis meine Lunge brennt und nichts mehr als ein Pfeifen aus meiner Kehle dringt. Ich wende mich vom Haus ab. Den Rücken zur Tür setze ich mich und blicke ins endlose Dunkel. Zum ersten Mal im Leben fühle ich mich einsam. Verlassen von Mathilda. Von der ganzen Welt, die sie mir bedeutet.

Ein Blitz zuckt über den Himmel, grelles Licht lässt mich für einen Wimpernschlag bis zum Weiher sehen, schon wabert leises Donnergrollen durch die Nacht. Es sind die Vorboten von Frau Perchta. Sie wird uns mit dem Tod strafen. Torben aber wird weiterhin betrügen und ungeschoren davonkommen. Nicht zum ersten Mal frage ich mich, warum die Totengöttin ihn nicht längst geholt hat. Er ist kein guter Mensch. Seine Mutter Anna war es auch nicht, sagt Mathilda, und dass Frau Perchta Anna deswegen geholt hat.

Damals, kurz vor der Geburt von Annas Kind, hatte Mathilda sich einige Kirchenbänke hinter Anna und Emil gesetzt und der Weihnachtspredigt gelauscht. Gläubig war Mathilda nie gewesen, aber sie wollte etwas prüfen. Wie es nämlich geschrieben steht, kann man in der Heiligen Nacht im Gotteshaus die Hexen erkennen. Man muss dazu nur durch das Loch eines selbstgeschnitzten Kochlöffels schauen. Also hatte Mathilda ihren Kochlöffel unter dem Rock hervorgeholt, durch das Loch auf Anna gespäht – und Warzen, Buckel und Annas lange Nase gesehen. In dem Moment begann die Hexe zu wimmern, krümmte sich nach vorn, schrie auf, und Emil führte seine junge Ehefrau hinaus. Mathilda blickte den beiden hinterher, während in der Kirche ein kakophonisches Tuscheln anschwoll, jedoch niemand dem Paar zur Hilfe eilte. Als das Wimmern draußen vor der Kirchentür immer lauter wurde, rannte Mathilda hinaus, um Anna beizustehen. Nicht wegen der Hexe, sondern wegen Emil.

Das Kind kam vor der Kirche zur Welt. Mathilda wickelte das weinende Bündel in ihren Mantel und legte es Emil in die Arme. Anna war schweißnass im Gesicht, Blut lief unter ihrem Rock hervor, das Kind schrie in der eisigen Kälte trotz des dicken Filzstoffes, sein winziges Gesicht glich einem verschrumpelten roten Apfel. Emil führte Anna am Weiher vorbei in sein Haus am Wald, das Kind fest in einem Arm, den andern stützend um die Hüften der wimmernden Anna gelegt. Mathilda war zurück in die Kirche gelaufen, hatte nach dem Dorfarzt Ausschau gehalten, aber er war nicht in der Messe und auch nicht in seinem Haus, wohin sie gehastet war. Sie hatte nichts mehr tun können.

Auch ich bin jetzt hilflos. Kann nichts tun, nur die letzten Minuten bis Mitternacht warten. Nicht mehr auf Mathilda, sondern auf die Göttin der Anderswelt. Auf den Tod. Mir ist, als bohrten sich Scherben in mein Herz. Ich schließe die Augen.

Am Morgen nach der Geburt des Kindes, als Mathilda gerade ihre weizenblonden Zöpfe flocht, hatte sie durch das beschlagene Fenster ihrer Schlafkammer den Arzt Richtung Waldrand eilen sehen, den Mantelkragen hochgeschlagen, die Ledertasche in der Hand. Am Abend nahm der Pfarrer denselben Weg.

Von Annas Begräbnis erzählen die Menschen bis heute. Ihr kaum drei Tage alter Sohn kreischte unablässig in den Armen seines Vaters, streckte seine Ärmchen gen Himmel, so als wolle er seine Mama mit seiner ganzen kleinen Kraft festhalten. Wahrscheinlich hatte er nur Hunger, denn Emil war im Schock kaum imstande, das Baby zu versorgen. Auch jetzt am Grab konnte er es kaum sicher halten, so schüttelte ihn der Schmerz. Annas Eltern standen wie aus Stein, während der

Pfarrer redete und redete und die Schneeflocken sich zum Läuten der Kirchenglocken auf die dunklen Wollmäntel der vielen Trauergäste setzten. Schließlich trat Mathilda neben Emil und nahm ihm wortlos das Kind aus den Armen, damit er Erde in das Grab werfen und sich von seiner Frau verabschieden konnte. Das Kind, Torben, hatte augenblicklich aufgehört zu weinen.

Ich öffne die Augen. Die Erinnerung daran, wie Mathilda mir das alles erzählt hat, weckt meine Sehnsucht nach Mathildas Fürsorge und Liebkosungen, nach ihrer beruhigenden Stimme, nach unserem kleinen Glück in dem kleinen Haus.

Immer wenn Mathilda mir von ihrem Leben erzählt hat, hat sie mir mit der Hand, deren Haut so dünn und gelblich ist wie Butterbrotpapier, über den Kopf gestrichen. »Ja, ja, Mützchen«, sagte sie dann, »so war das damals.« Dann krochen die Bilder aus sämtlichen Ritzen ihres Gedächtnisses hervor und bauten Nester in ihrem Dutt, und wenn sie nicht mehr mit Aufmerksamkeit gefüttert wurden, flogen sie davon. Jetzt sind sie im Käfig gefangen, sitzen fest, während Mathildas Geschichten in immer schnelleren Bildern an mir vorüberflattern.

Im September nach Annas Tod hatten Emil und Mathilda geheiratet. Sie zog zu ihm in das Haus am Waldrand und kümmerte sich um Torben wie eine leibliche Mutter. Doch was anfangs wie himmlische Fügung und Friede ausgesehen hatte, war ein Teufelswerk: Torben plärrte pausenlos, schlug um sich, biss nach Mathilda. Um Annas Hexenanteil, der in dem Jungen steckte, zu töten, räucherte Mathilda das Kinderzimmer jeden Tag aus und mischte Torbens Brei Alant und Johanniskraut hinzu. Sie buk ihm Pfannkuchen mit Holunderblüten und gab ihm Holunderbeersaft zu trinken, weil im Holunderbaum die guten Geister wohnen und Haus und Hof beschützen. Mathilda behütete Torben, so gut sie konnte, während Emil unterwegs war, Dächer und Ställe zimmerte und damit die kleine Familie ernährte. Die Leute mieden Mathilda zunehmend. Weil nicht nur sie verrückt sei, sondern – so munkelten sie – weil Mathilda sogar das Kind der armen Anna, Gott hab sie selig, mit in ihren Irrsinn hatte ziehen wollen. Kein Wunder, dass Torben ständig geschrien und keine Freunde gefunden, dass er seine Stiefmutter verabscheut hatte. Das arme Kind!

Blitze zucken über den bleischwarzen Himmel, das Donnergrollen wird lauter. Nähert sich – und mit ihm Frau Perchta.

An Torbens achtem Geburtstag hatte Mathilda in der Küche gestanden und Apfelkuchen mit Zitronenkraut gebacken. Draußen tanzten Schneeflocken herab, und auf dem Weiher, den Mathilda gerade noch erkennen konnte, liefen Kinder Schlittschuh. Vor dem Fenster lehnte die lange Holzleiter neben dem kahlen Holunderbaum.

Für den Nachmittag hatte Mathilda zwei von Torbens Klassenkameraden eingeladen. Nur auf eine Stunde, weil ja Heiligabend war. Widerwillig hatten sie zugesagt. Torben wusste noch nichts davon. In der Schule hielt der Junge sich von allen fern. Wenn jemand ihn ansprach, sagt er nur: »Willst du Geschäfte mit mir machen? Wenn nicht, verzieh dich.« Oder: »Ich mag keine Fremden.« Er hatte noch nie einen Freund mit nach Hause gebracht. Zwar akzeptierte er Mathilda, doch er mochte niemanden außer seinem Vater. Mit ihm wollte er den Tag verbringen. Emil jedoch stand oben auf der Leiter und reparierte das Dach, von dem der Sturm in der Nacht zahlreiche Ziegel herabgerissen hatte. Am Fuß der Leiter stapelten sich die neuen Dachziegel.

Die Küche duftete nach süßem Teig und Kakao, es war warm, und das Feuer im Ofen knisterte. Für die Raunächte standen zwölf Schalen mit würzigen Kräutermixturen bereit. Mathilda summte vor sich hin. Torben stapfte in seinen neuen roten Stiefeln im Vorgarten herum, schlug sinnlos das Gartentor auf und zu und kam, als Emil nach ihm rief, zum Fenster, wo er auf den verschneiten Ziegelscherben herumtrampelte. Der Junge war kräftig für sein Alter und sehr groß. Er schrie: »Papa! Jetzt mach endlich!« Sein feistes Gesicht war so rot wie die Ziegel, und sein Atem bildete bei jedem Wort kleine Wolken in der Luft. Seine Hände steckten in Fäustlingen.

Vor dem Fenster schwebte das Seil vom Dach herab, an das Emil den Eimer geknotet hatte. »Zehn Ziegel brauche ich noch«, rief er. Torben sollte die neuen Ziegel hineinlegen, damit Emil sie heraufziehen konnte. Dabei musste Torben dann die Leiter festhalten, die bei jeder scharfen Böe schwankte. Heute Abend begannen die Raunächte, das Haus würde sauber und wieder dicht sein, sicher vor Frau Perchta und ihren Dämonen. Das hatte Emil seiner Mathilda versprochen.

Torben stampfte. »Ich will keine Ziegel! Ich will, dass du endlich Zeit für mich hast!« Er schlug gegen die Leiter. »Ich hab Geburtstag! Komm runter!«

»Lass das!«, schrie Emil, »wir sind doch gleich fertig.«

Torben rüttelte an der Leiter. Wind pfiff um das Haus.

»Torben, nein!« Emil klang entsetzt, Mathilda ließ das Ofengitter fallen, auf dem der Kuchen später auskühlen sollte, wischte sich die mehligen Hände an der Schürze ab, als sie zur Haustür rannte. Sie hörte Torbens Wutgebrüll, Emils Schrei und ein dumpfes Aufschlagen, und der Wind schlug ihr höhnisch ins Gesicht, als sie neben dem Holunderbaum auf die Knie fiel und sich ihrer Kehle ein markerschütternder Laut entwand.

Die Jungen aus Torbens Klasse hatte sie erst bemerkt, als diese heulend davonliefen.

Emil hat genau da gelegen, wo dieses Jahr keine Gaben für Frau Perchta stehen. Ich blicke hinüber – und reiße die Augen auf. Ein schmaler Riss tut sich in der Erde auf und verschluckt den Schnee um sich herum. Die Furcht lähmt mich.

Torben hat immer gebangt, dass Mathilda ihn verrät. Zwar würde kaum jemand der sonderlichen Alten glauben, dass ein Achtjähriger vor 60 Jahren seinen Vater umgebracht hat. Auch die Eltern der beiden Jungen haben ihren Kindern die Augenzeugenberichte nicht abgenommen. Es war ein tragischer Unfall, den die zwei in ihrer kindlichen Fantasie zur Tat des unbeliebten Klassenkameraden Torben ausgestaltet hatten. Den Unfall hatte ja auch die Witwe des Verstorbenen damals bestätigt. Heute aber sah das alles ganz anders aus.

Nach Emils Tod hatte Torben sich um Freundschaften bemüht, war freundlicher zu anderen Kindern gewesen und half sogar ab und zu im Haus, das nun seiner Stiefmutter gehörte. Mehr als geduldet war er außerhalb seines Zuhauses jedoch nie. Aber er entging dem Verrat, schaffte es, dass irgendwann niemand mehr über den Tod seines Vaters redete und die beiden Jungen sich nichts zu sagen trauten. Mathilda hatte ihn als Einzige immer geliebt. Dennoch war er ihr stets mit Misstrauen begegnet, hatte jeden Streit vermieden, die Maske des liebenden Stiefsohnes perfekt getragen. Hätte Mathilda die Wahrheit ausgesprochen, hätten die Kinder von damals alles bezeugt. Zwar war Torben ein Kind gewesen – doch er wäre für den Rest seines Lebens geächtet. Von den Jockeys, von Käufern der Rennpferde. Von der Welt. Und das hatte sich nie geändert.

Als der erste Glockenschlag schwer und voll die Mitternacht einläutet, weiß ich, dass Torben genau jetzt gewonnen hat.

»Mach dich bereit, Katze«, raunen die Holunderzweige mir zu, und beim zweiten Glockenschlag erzittert die Erde, der dunkle Hufschlag von Frau Perchtas Ross nähert sich, *dooong*, der Riss unter dem Holunderbaum wird zum Spalt, ein Pferd schnaubt, und da! Mit dem zwölften Glockenschlag verstummt der Hufschlag, das Gartentor quietscht, ein Blitz spannt sich über das Firmament und grell liegt alles vor mir, Schneelandschaft, Weiher, das Pferd am Gartentor – und Frau Perchta, die im schwarzen Gewand direkt auf mich zukommt, mit jedem ihrer Schritte knirscht der Schnee und ihr Goldschmuck klimpert, und als sie nur eine Pfotenlänge vor mir steht, sehe ich ihre grünliche Haut, rieche das Stroh ihres Pferdestalls, springe endlich zur Seite, und sie ballt die Klauen zu Fäusten und schlägt gegen Mathildas Haustür.

Da bricht es aus mir heraus: »Lass Mathilda in Ruhe!« Ich stelle mich auf die Hinterbeine. »Sie ist krank, sie ist kein böser Mensch, Mathilda ist …«

Wie in Zeitlupe dreht Frau Perchta sich zu mir. Sieht auf mich herab, ihre Augen sind schwarze Löcher, ich sinke in mir zusammen, und sie krächzt: »Was zur Hölle …«

Ich weiche zurück, fast bis zum Holunderbaum. Werde auch ich verrückt? Das ist doch … Ich blinzle, die Blitze zucken unaufhörlich. Ich hätte es gleich merken müssen! Sofort, als sie den Vorgarten betreten hat, statt aus dem Tor zur Anderswelt zu reiten. Allein. Ohne Gefolge.

Fast lache ich auf, als Frau Perchta jetzt auch vor mir zurückweicht. »Das ist doch ein Trick«, keucht sie, »Katzen können nicht sprechen.«

Jetzt bin ich sicher. »Hallo, Torben!«

»Du verdammtes Katzenviech! Bist du ein Plüschtier mit Tonband?« Er reißt sich die Gummimaske vom Kopf. »Du kannst nicht sprechen!«

Ich sage: »Verstehst du mich etwa nicht? Ich verstehe durchaus.«

Seine Augen weiten sich.

»Du willst Mathilda vollends in den Wahnsinn treiben«, fahre ich fort. »Damit sie in eine geschlossene Anstalt kommt. Oder damit sie einen Herzanfall erleidet, weil sie Frau Perchta gegenübersteht.«

Torben macht zwei Schritte zurück, stolpert, fällt in den Schnee.

Ich gehe zu ihm. »Oder wolltest du auch Mathilda töten? So wie deinen Vater?

»Das … Du …«, japst er, »das ist doch nur Schwafelei

von der bekloppten Alten, und dieser Quatsch mit der Perchta und ...«

In diesem Moment bricht ohrenbetäubender Donner los, die Erde bebt, Torben schreit: »Verdammt, was ist das?«, er starrt an mir vorbei zum Holunderbaum, und ich folge seinem Blick.

Ein Loch so groß wie ein Grab und tief bis in die Hölle liegt vor uns, Flammen lodern auf und ihnen entsteigt auf ihrem Ross Frau Perchta, jung und wunderschön ist sie, ihr Haar glänzt in der Farbe reifer Holunderbeeren, ihr folgen singende und trommelnde Dämonen, sie tragen Hörner und zotteliges Fell.

Torben öffnet den Mund, will aufstehen, fällt immer wieder, lässt die Maske in den Schnee fallen, krabbelt ein Stück, kommt auf die Beine und rennt kreischend davon, sein Pferd und die Dämonen folgen ihm, und ich schreie ihm hinterher: »Das Genick sollst du dir brechen! Mörder!«

»Die Richterin über Tod und Leben bin ich«, sagt Frau Perchta. »Nicht du.«

Ihr Ross steht direkt neben mir, ich sehe die kräftigen Hufe, habe nicht bemerkt, dass die Totengöttin hiergeblieben ist. »Du hast recht, Perchta«, flüstere ich und senke den Kopf, und schon spüre ich den Sog Richtung Erdloch, hinab in die Anderswelt, Schwärze umfängt mich, während ich gleichzeitig glaube, mit Perchta davonzufliegen, auf ihrem Ross, dem sie jetzt die Sporen gibt und in die Finsternis davonreitet.

Als ich die Augen aufschlage, bin ich tot.

Doch die Anderswelt ist schön. Nicht finster und kalt und voll unruhiger Seelen wie befürchtet. Nein, sie ist ein Paradies. Benommen, wie ich noch bin, hebt mich ein Engel sanft auf seine Arme. »Hallo Mützchen«, flüstert er, und ich sehe den Spitzenbesatz am Dekolleté seines weißen Kleides. Das lange Engelshaar streicht über mein Gesicht, ich erkenne einen Tannenbaum mit glänzenden bunten Glaskugeln und einem goldenen Stern an der Spitze. Es ist herrlich warm im Paradies und mich benebelt ein Duft nach Tannenzweigen, Zimt- und Walnusskeksen – und Mathilda.

Verwirrt blinzle ich. Kräusele die Nase und schnuppere.

»Wo warst du denn die ganze Nacht«, sagt der Engel und klingt ebenso vorwurfsvoll wie erleichtert.

»Mathilda«, bringe ich schwach hervor.

»Du hast mir vielleicht einen Schrecken eingejagt. Liegst wie tot vor der Haustür.« Sie streichelt zärtlich über meinen Kopf. »Mein armes Mützchen. Jetzt komm erst mal frühstücken.«

Sanft setzt sie mich auf den blitzblanken Küchenboden. »Ich dachte, du bist ein Engel«, sage ich, und Mathilda stellt mir Fleisch hin und lacht.

»Das hat hoffentlich noch ganz lang Zeit.«

In den Fenstern brennen Kerzen, das Geschirr ist in den Schrank geräumt, auf dem Tisch stehen Kekse und zierlich beschriftete Gläser mit Kräutermischungen. Das Feuer im Ofen brennt heimelig. Alles ist genau so, wie es sein muss.

Als ich mich erschöpft einrolle, sagt Mathilda leise: »Hast du dich auch gut vor Frau Perchta versteckt? Aber natürlich hast du das. Sonst wärst du ja nicht mehr hier. Du bist eine kluge Katze. Die beste. Dich holt sie nicht.«

Ich falle in einen traumlosen Schlaf.

Am späten Nachmittag gehe ich spazieren. Die Sonne scheint, ich hebe das Gesicht in die warmen Strahlen, und meine Schnurrbarthaare zittern vor Wonne. Der Schnee glitzert, und der Himmel steht stahlblau über der Landschaft. Am Weiher stehen Menschen am Ufer. Ich schlendere hinüber und schnappe Gesprächsfetzen auf. »Tragisches Unglück«, sagt die Frau vom Tabakladen, und der Wirt meint, dass es nur eine Frage der Zeit war, bis jemand im Eis einbricht und man von Glück sagen könne, »dass es kein Kind erwischt hat«. Torbens Pferd war allein zum Gestüt zurückgekommen. Was er in der Heiligen Nacht in schwarzen Frauengewändern auf dem Weiher zu suchen gehabt hatte, kann sich niemand erklären.

Als es dämmert, richtet Mathilda die Gaben für Frau Perchta, und ich sehe, dass sie still um Torben weint. Ich schmiege mich an ihre Beine und schnurre.

Viel haben wir nicht mehr. Mit ein paar Keksen und zwei goldwangigen Äpfeln gehen wir hinaus zum Holunderbaum – und sehen es: Unter dem Baum, genau da, wo heute Nacht das Loch klaffte und einst Emil gestorben war, stehen zwei Schalen. Eine ist gefüllt mit verführerischen Lachshäppchen, die andere mit dampfendem Gemüse, Schinken und Butterreis. Mathilda lächelt. Ihr Geist ist frei und klar und meine Hüfte geschmeidig wie die eines Katzenkindes. Sie legt Kekse und Äpfel unter den Baum und nimmt unsere Schalen mit ins Haus.

So geht es an jedem Raunachtsabend, und in der Nacht

zu Dreikönige sind die Schalen aus purem Gold. Davon kaufen wir alles, was wir bis zum nächsten Weihnachtsfest und den Raunächten brauchen. Und wenn Torbens Maske nicht noch immer im Vorgarten läge, würde ich glauben, ich hätte das alles nur geträumt.

THERESA PRAMMER
Miau-ry Christmas

Mein schlimmster Alptraum ist wahr geworden.

»Ist Maxi in dem Weihnachtsmannkostüm nicht das Süßeste, was ihr je gesehen habt? Hierher schauen, Maxi. Noch ein Foto.«

Lächerlich. Beschämend. Demütigend. Die Worte reichen nicht aus, um zu beschreiben, wie ich mich fühle.

Fassungslos starre ich in die drei Gesichter, die mich grinsend ansehen. Ich bin reinrassig. Mein Stammbaum ist erstklassig. Und ich heiße Maximilian, nicht Maxi.

Wie bin ich nur hierhergekommen? Was hat sich meine liebste Herrin dabei gedacht, mich diesen drei Einfaltspinseln zu vererben? Schlimm genug, dass sie nicht mehr da ist. Aber das war wirklich die schlechteste Idee, die sie jemals hatte. Ich würde lieber täglich fünf Stunden gebadet werden, als noch eine Minute bei diesen Menschen zu verbringen. Und jetzt das. Heute Morgen wurde ich hergebracht. In der kurzen Zeit habe ich drei Mal versucht, wegzulaufen. Aber sie haben mich erwischt, bevor ich auch nur in der Nähe der Tür war.

Meine Aufmachung ist anscheinend meine Strafe. Sie ist an Hässlichkeit nicht zu überbieten. Verzweifelt versuche ich die rote Mütze mit der weißem Bommel von meinem edlen Haupt abzuschütteln. Keine Chance, sie ist mit einem Gurt um meinen Hals befestigt. Und aus dem roten Mantel mit der schwarzen Schnalle komme ich auch nicht heraus. Hilfe.

»Also los geht es, fahren wir zu Oma und Opa zur Bescherung, hohoho. Die werden über unseren Familienzuwachs staunen«, sagt der große Einfaltspinsel und setzt sich eine genauso dämliche Mütze auf. Der kleine Einfaltspinsel klatscht in seine klebrigen Hände. Er hat das letzte Türchen dieses »Adventskalenders« geöffnet – was auch immer das sein mag.

Weihnachten. Seit ich hier bin, höre ich nichts anderes. Die drei sind ganz aufgeregt, »Geschenke« wurden eingepackt, von einem »Christkind« gesprochen und spekuliert, was es als Weihnachtsessen geben wird.

Ich kenne dieses Weihnachten nicht, aber eines weiß ich: Ich mag es nicht.

Meine liebste Herrin hatte für diesen Schnickschnack nichts übrig. Die neue Herrin, ihre Nichte, ist wie die beiden anderen ganz vernarrt danach.

Sie sperrt mich in eine kleine Kiste und trägt mich zum Auto. Durch die Gitterstäbe sehe ich dicke weiße Flocken. Sie fallen vom Himmel, der kleine Einfaltspinsel fängt sie mit seiner Zunge ein. Was für ein Idiot. Die Fahrt dauert ewig. Immer wieder schiebt mir der kleine Einfaltspinsel billiges Trockenfutter in die Kiste. Entwürdigend. Ich fresse es aus reiner Verzweiflung. Wo sind die in Happen angerichtete Leber, der frische Thunfisch? Ich vermisse mein altes Leben. Ich vermisse meine liebste Herrin. Mein Herz wird schwer. Irgendwann höre ich den kleinen Einfaltspinsel: »Papa, Mama, ich muss aufs Klo. Dringend.«

»Da vorn ist eine Raststation. Wir machen Pause und gönnen uns etwas Gutes.«

»Und Maxi nehmen wir mit, er erfriert sonst im Auto.«

Es ist mir egal. Alles egal. Ich schließe die Augen, und wenn es nach mir ginge, würde ich sie nie wieder öffnen. Im Traum erscheint mir meine liebste Herrin. Sie ist wie hinter einer Nebelwand.

Sie redet irgendwas von einem Besuch, den ich bekommen werde.

Ein Rumpeln weckt mich. Wahrscheinlich sind wir endlich bei diesen »Opa und Oma«. Doch statt einer der drei Einfaltspinsel blicken zwei fremde dunkle Augen durch das Gitter.

»Na, wer bist denn du?«

Die Gittertür meiner Kiste öffnet sich. Ich schreite heraus. Die fremden Augen gehören einem weiblichen Wesen in einem blauen Kittel, sie hat einen Wischmopp und Eimer. Wer ist das? Wo bin ich?

»Eine Weihnachtskatze«, flüstert die Frau. Mir gefällt ihre Ehrfurcht, ihre Worte gefallen mir nicht. »Hat dich jemand hier vergessen?«

Sofort bin ich hellwach. Vergessen? Mich? Kann das sein? Sind meine Wünsche wahr geworden?

Hier sind überall Tische, auf denen Sessel stehen. Der Boden glänzt – igitt – vor Wasser. In einer Ecke befindet sich ein Tannenbaum mit bunten blinkenden Lichtern. So etwas Hässliches habe ich noch nie gesehen. Was für ein Humbug.

»Mathilde, schau mal«, ruft sie. Eine zweite Frau kommt auf quietschenden Sohlen heran.

»Hey, ich weiß, von wem die ist. Diese Familie, die sich gestritten hat. Der Kleine hat geweint, der Mann ist zum Auto gelaufen.«

»Richtig. Und die Frau hat den beiden hinterhergerufen, Weihnachten ist abgesagt.«

»Kein Wunder, dass sie ihre Katze vergessen haben.«

Was? Das kann nicht sein. Es muss sich um eine Verwechslung handeln. Die drei Einfaltspinsel streiten doch nicht.

»Und was machen wir jetzt mit dir?«

»Ich nehme sie mit. Ich wollte schon immer eine Katze.«

»Das kannst du nicht machen, die wird sicher vermisst. Ich rufe die Polizei.«

Während die beiden zu diskutieren anfangen, springe ich vom Tisch.

Ich flitze durch den Raum, quer durch die Küche. Eine Tür steht einen Spalt breit offen. Und schon bin ich weg. Die kalte Luft streicht mir um die Ohren, und ich schnuppere die Freiheit. Auf der verschneiten Fahrbahn laufe ich in die Dunkelheit davon. Hinter mir höre ich die Frauen rufen, ihre Stimmen werden immer leiser. Merkwürdig, wie ruhig es hier ist. Kein Auto unterwegs. Die Schneeflocken fallen immer dichter. Heute Nacht muss ich mir einen Unterschlupf suchen. Aber zuerst versuche ich, mich aus dieser lächerlichen Kostümierung zu befreien. Was leichter gesagt, als getan ist. Der Mantel scheint an mir festzukleben, auch die Mütze sitzt bombenfest.

»Hallo, Maximilian.«

Wie aus dem Nichts ist eine Frau in einem langen weißen Mantel neben mir aufgetaucht. So weiß, als wäre er aus Schnee. Woher kennt sie meinen Namen? Ihre hagere Gestalt, die blassblauen Augen und das faltige Gesicht kommen mir so vertraut vor. Als – nein, das ist zu verrückt. Sie ist sicher keine Mensch gewordene Sphynx-Katze.

»Das ist kein Irrtum«, sagt die Frau. Was soll das? Mir wird schlecht. Und da weiß ich es. Das Trockenfutter, mit dem mich der kleine Einfaltspinsel gefüttert hat. Man weiß doch, dass es nur zusammengepresste Abfälle sind, wahrscheinlich löst dieses billige Zeug Halluzinationen aus. Die Frau lacht auf und schüttelt den Kopf.

»Wann bist du nur so ein verwöhntes Ekel geworden?«

Hallo, hallo, das muss ich mir nicht bieten lassen. Gerade als ich ansetze, um fortzuspringen, packt sie mich und hebt mich hoch. Meine Krallen kratzen ins Leere. Das war das Trockenfutter. Ich wusste es.

»Nein, das hat nichts mit dem Futter zu tun. Da, sieh hin«, sagt sie und deutet auf die Fahrbahn. Nur, dass da keine Fahrbahn mehr ist, sondern ein schäbiges Zimmer, ein Kamin und davor ein riesiges Körbchen, in dem fünf Babykatzen übereinanderpurzeln. »Erinnerst du dich?«

Ich weiß nicht, wie diese Frau das gemacht hat, aber sie ist eindeutig eine Verrückte. Nur stillhalten, nicht bewegen, dann ist das alles schnell vorbei.

»Eine von den Babykatzen warst du. Mit deinen Brüdern und Schwestern.«

Genau, natürlich. Was auch sonst? Die Kleinen sind ja ganz putzig, wie sie sich mit ihren riesigen Köpfen und dünnen Körpern aneinanderschmiegen. Was nichts mit mir zu tun hat. Ich war nie so hässlich. Die Zimmertür wird geöffnet, zwei Frauen kommen herein. Ich erstarre. Eine davon ist meine liebste Herrin. Sie ist jung, bei ihrem arroganten Blick wird mir warm ums Herz.

»Sie sind noch zu klein, aber in ein paar Wochen können Sie gern eine haben.«

»Nein, ich nehme sie jetzt sofort mit«, sagt meine liebste Herrin und holt ein Bündel Geldscheine hervor. Die fremde Frau scheint zu zögern, doch dann geht sie zu dem Körbchen und holt eine der Babykatzen. Dieses winzige Bündel fängt an zu miauen, streckt die Pfoten nach den Geschwistern aus. Das Miauen wird ein Kreischen. Das ist ja nicht auszuhalten. Ich will das nicht sehen. Habe das Gefühl, keine Luft zu bekommen. Trete und trete und trete um mich. Und plötzlich bin ich wieder auf der Fahrbahn. Ich laufe im Kreis, wo ist diese Verrückte? Doch außer Schneeflocken ist nichts zu sehen. Vielleicht bin ich krank? Gerade als ich überlege, doch zu dieser Raststation zurückzukehren, knirscht es hinter mir im Schnee.

Grau ist das Erste, was ich sehe. Es ist ein Mann in einem grauen Mantel, graue Haare, ein grauer Bart. Silbergrau. Seine bernsteinfarbenen Augen fixieren mich, als er näher kommt. Es überrascht mich gar nicht, dass er wie eine Britisch Kurzhaarkatze aussieht. Was denn auch sonst?

»Maximilian, wie geht es dir?«, fragt er.

Wie soll es mir schon gehen? Ich drehe hier gerade durch. Das war wahrscheinlich alles zu viel, der Tod meiner liebsten Herrin, die neue Familie, das schlechte Essen. Ein Nervenzusammenbruch.

Ich spüre, wie der Mann mich hochhebt, wehre mich aber nicht. Warum auch, das findet alles nur in meiner Einbildung statt. Es ist nicht echt. Es kann nicht echt sein.

Auf der Fahrbahn erscheint ein Haus. Im Vorgarten steht einer dieser widerlichen bunt geschmückten Tannenbäume mit blinkenden Lichtern, davor mit hängendem Kopf der kleine Einfaltspinsel. Er weint. In seinen Händen hält er etwas, das aussieht, wie ein Hasenkostüm. Für ihn ist es zu klein. Viel zu klein. Das kann nicht sein Ernst sein. Wollte er aus mir einen Hasen machen? Die neue Herrin stapft durch den Schnee zu ihm, hinter ihr der große Einfaltspinsel. Sie sehen bekümmert aus.

»Es tut uns leid. Du bekommst eine neue Katze.«

»Ich will aber keine neue, ich will Maxi.«

Die Eltern sehen den Kleinen vorwurfsvoll an. Meine Güte, das Kind hat eben Geschmack. Das kann man ihm nicht vorwerfen.

»Aber Maxi will uns anscheinend nicht«, sagt der große Einfaltspinsel. »Sonst wäre er nicht weggelaufen. Komm, gehen wir rein, Oma und Opa warten schon.«

Jetzt weint der Kleine so sehr, dass die Tränen in den Schnee tropfen.

Ein ungewohntes Gefühl regt sich in meiner Katzenbrust. Als wäre da ein schweres Gewicht an der Stelle meines Herzens. Ich schließe die Augen, ich will das nicht sehen. Als ich sie wieder öffne, bin ich allein. Nur ich und die Fahrbahn und der Schnee. Mir ist komisch zumute. So habe ich mich noch nie gefühlt. Was ist das?

»Bedauern«, sagt eine helle Stimme neben mir.

Ich will gar nicht sehen, wer da spricht. Das soll aufhören. Gibt es eine Nervenheilanstalt für Katzen?

»Nicht so viel ich weiß«, sagt die Stimme. Natürlich kann sie ebenfalls meine Gedanken hören, was auch sonst?

Ich werde einfach nicht reagieren, beschließe ich und fixiere meinen Blick auf das dichte Schneetreiben. Die Gestalt tritt vor mich. Ich sehe kurze stämmige Beine, einen gedrungenen Körper, lange rötliche Haare und ein plattes

Gesicht mit breiter Nase. Eine Perserkatze als Mensch. Das war's. Mein Verstand verabschiedet sich endgültig.

»Bereit für deine Zukunft?«, fragt die Gestalt und tritt zur Seite.

Wieso steht da ein großer schwarzer Mülleimer mitten auf der Straße? Ich will sofort weg hier. Keine Sekunde bleibe ich länger. Meine Pfoten kleben am Boden fest. Ich kann mich nicht bewegen. Auch nicht, als die Gestalt mich hochhebt und zu dem Mülleimer trägt. Hilfe. Polizei. Das ist ein Gewaltverbrechen. Die Gestalt hebt den Deckel. Gleich wird sie mich hineinwerfen. Doch das tut sie nicht. Ein unangenehmer Geruch steigt mir in die Nase. Das kann nicht sein, was ich da sehe. Das bin ich. In dem Mülleimer. Mein Körper liegt reglos zwischen Gemüseabfällen und zerdrückten Milchtüten.

Wie bin ich hierhergekommen? Wieso bin ich allein? Wer hat mich weggeworfen?

Die Gestalt lässt mich sinken, o nein, sie will mich zu meinem toten Körper legen. Im nächsten Moment werde ich losgelassen, es ist stockdunkel. Der Deckel des Mülleimers muss geschlossen worden sein. Unter mir spüre ich das weiche Fell. Ich versuche, mich am Rand der Tonne festzukrallen und hochzuklettern, doch meine Pfoten rutschen ab. Und rutschen ab. Und rutschen ab. Und dann wird alles um mich weiß. Ein lautes Quietschen ist zu hören. Zwei Scheinwerfer, die auf mich zurasen. Ich bin wieder auf der Fahrbahn. Doch jetzt ist sie voller Autos. Mit einem Sprung bringe ich mich in Sicherheit. Gerade noch rechtzeitig.

Was ist hier los? Wo sind die drei Menschenkatzen hin?

In der Entfernung sehe ich das Leuchtschild der Raststation, von der ich geflohen bin. Jetzt renne ich so schnell zurück, wie ich noch nie in meinem Leben gerannt bin. Alles dunkel. Da ist kein Mensch. Ich laufe um das Gebäude, doch es gibt keinen Weg hinein.

Das war's. Mein Leben ist vorbei. Während ich leise weine, höre ich Autotüren, die zugeschlagen werden. Und Stimmen.

»Maxi. Maxi, wo bist du?«

»Maxi.«

»Maxi.«

Die drei Einfaltspinsel rufen nach mir. Sie sind zurückgekommen. Der Kleine sieht mich als Erster.

»Das ist er«, ruft er aus. Mit einem Satz springe ich in seine Arme.

Noch nie in meinem Leben war ich so froh. Nicht mal diese lächerliche Kostümierung macht mir etwas aus. Ich lasse mich sogar mit Trockenfutter füttern.

»Warte, was ich zu Weihnachten für dich habe. Als Hase wirst du spitzenmäßig aussehen.«

Meinen Protest halte ich im letzten Moment zurück.

Dann eben ein Hase. Meine Güte, es gibt Schlimmeres.

Miau-ry Christmas!

CLAIRE BEYER
Flosse 1903

Am Tag vor Heiligabend schlüpfte der Fischer Jan Hinrichsen in seinen gelben Südwester. Es war kalt, und er hatte den engmaschigen, knotigen Pullover schon gleich nach dem Aufstehen angezogen. Er trug ihn jeden Tag, außer am Sonntag, wenn er nicht zum Fischfang auf die See fuhr. Dann lag der Pullover zum Lüften auf der Küchenbank, was aber vergeblich war, weil der langjährige Hausgenosse Kater Flosse-Jungchen und zwei noch namenlose kleine Katzen, Findlinge, die dem Ehepaar vor kurzem in einem Korb vor die Tür gestellt worden waren, es sich stante pede darauf bequem machten. Sie nutzten die gesamte Fläche des Vorderteils und der Ärmel und lagen bauschig und weich wie übergroße Pompons darauf. Jan Hinrichsen und seine Frau Hilla, die den Pullover mühsam aus brauner Wolle gestrickt hatte, zuckten darüber nur mit den Schultern, denn das Fell-Trio genoss bei ihnen jede Freiheit, und das wusste es auch. Selbst die Kleinen hatten das schnell begriffen.

Jan Hinrichsen nahm den am Abend vorbereiten Proviant – Tee in einer Thermoskanne und Käsebrote, zudem einen kleinen Beutel mit gekochtem Fisch – vom Küchentisch und verstaute alles in einer wasserdichten Umhängetasche, in der auch seine Taschenlampe und gefütterte Arbeitshandschuhe Platz fanden. Die alte Küchenuhr schlug vier Mal. Er hörte es, schaute aber dennoch auf das Zifferblatt, als wolle er ganz sichergehen.

»Zeit, um aufzubrechen«, murmelte er halblaut vor sich hin, denn er wollte Hilla nicht wecken, gleichzeitig aber Flosse-Jungchen das Zeichen zum Aufbruch geben. Doch wie an jedem Werktag wartete der Kater schon neben den hohen, schnürbaren Gummistiefeln und machte ihm Platz, als er sich auf den kleinen Hocker aus Eichenholz setzte, um die Schuhe anzuziehen.

»Dann wollen wir mal los, mein Alter«, forderte Hinrichsen den Kater auf, aber der konnte ihn schon nicht mehr hören, denn er war bereits in großen Sätzen bis zur Pier vorausgesprungen, die eigentlich nur aus einigen alten Betonklötzen bestand, bei denen der kleine, blaue Fischkutter lag und an diesem frühen Morgen still vor sich hindümpelte, als wiege er sich im Schlaf. Die See, Hinrichsen erfasste es mit einem Blick, war ruhig, denn an der Westküste, wo Hinrichsen und seine Frau lebten, herrschten an diesem 23. Dezember ablandige Winde. Auch er hatte nun einen der kleinen Betonpfeiler erreicht und der Kater wartete darauf, dass das Boot näher ans Ufer gezogen wurde, damit er mit trockenen Pfoten seinen Platz im Bug erreichen konnte. Bevor Hinrichsen das erledigte, nickte der Fischer dem Meer zu. Er vergaß nie, die See zu begrüßen. Ob aus Aberglauben oder aus Tradition, darüber war er sich selbst nicht im Klaren, aber etwas in ihm sagte, er solle Ran, die Meeresgöttin, nicht verärgern. Hilla jedenfalls zündete ihr zu Ehren an Tagen, die ihr Mann auf dem Meer verbrachte, ein Teelicht an; bei heftigem, auflandigem Wind auch zwei.

Endlich hatte Hinrichsen seinen Platz am Ruder eingenommen und nach einem prüfenden Blick auf Flosse-

Jungchen startete er den Motor und nahm Kurs auf das offene Meer. Im Dezember durfte er nur Flundern einholen – für andere Fangfische galt in diesem Monat Schonzeit, und er wusste, es würde Ärger geben, hielt er sich nicht daran. Seine Angst, die Lizenz zu verlieren, war nicht unbegründet, viele warteten nur darauf, Fanggründe übernehmen zu können. Hinrichsen schüttelte sich, er wollte jetzt nicht über Feindschaften nachdenken, viel lieber wollte er sich um Flosse-Jungchen kümmern, der still auf einem Fass am Bug saß und die Möwen beobachtete, die wie sie mit dem ersten Morgenlicht wach geworden waren. Die gierigen Vögel hatten sich schon während der Abfahrt über dem Boot formiert. Flosse-Jungchen nahm seine selbstgewählte Aufgabe, das freche Völkchen notfalls zu vertreiben, ernst. Er fuhr schon so lange zur See, dass ihm diese Pflicht bis in die letzte Kralle vertraut war. Er kannte die Abläufe an Bord, fauchte, wenn sich eine Möwe auf die Reling setzte und behielt die Vogelmeute immer im Auge.

So hielt er Wache, bis Hinrichsen ihn zu sich rief. Dann stand Flosse-Jungchen auf, streckte sich und sprang von seinem Ausguck auf die Planken hinunter und lief den gekonnten Gang eines Seemanns – ausgleichend, den Wellen ausweichend – zur Kajüte. Bei seinem Kapitän angekommen wartete er geduldig auf sein Frühstück. Zuerst gab es die Brote für den Fischer, dann bekam Flosse-Jungchen seinen gekochten Fisch. Es folgte, was der Kater so liebte. Denn war die See, wie an diesem Morgen friedlich, nahm Hinrichsen seinen tierischen Hilfsmatrosen auf den Schoß, streichelte ihn und summte dabei eine Melodie. Verstummte die Tonfolge, waren sie am Ziel angekommen.

Sie hatten den Platz erreicht, an dem die Netze ausgelegt werden konnten. Der Anker wurde geworfen.

*

Auch Hinrichsen Frau war längst aufgestanden. Die beiden jungen Katzen hatten Hilla vor der Zeit geweckt, denn verspielt, wie sie noch waren, hatten sie sich das große Bett der Eheleute ausgesucht, um darauf herumzutoben. Anfangs beteiligte sich Hilla noch am Verstecken, dem angedeuteten Jagen, oder warf ihnen Papierkügelchen zu, doch jetzt riefen Pflichten, Pflichten, die bald auch auf die Katzen zukommen würden, denn Flosse-Jungchen wurde alt. Er hatte schon unter Rheumatismus zu leiden, seine Beweglichkeit war nicht mehr dieselbe wie vor einem Jahr. Der Kater würde, sobald sich eines der beiden Jungtiere für die Fahrt zur See als geeignet herausstellte, sein Altenteil am Herd in der Stube in dem kleinen Kapitänshaus einnehmen dürfen. Aber noch sollten die Jungen die unbeschwerte Zeit genießen, dachte Hille mit einem liebevollen Blick auf die beiden Wildfänge.

Nachdem sie ein Teelicht angezündet hatte, heizte sie den Räucherofen ein, prüfte den reichhaltigen Fang vom Vortag, der über Nacht in einer gewürzten Salzlake gelegen hatte. Geschickt nahm sie die ausgenommenen Fische zur Hand, filetierte sie und legte die schönsten Stücke zur Seite, um sie später zu räuchern und fürs Weihnachtsfest zum Verkauf anzubieten. Vom Rest wollte sie eine Fischsuppe zubereiten, die sie ihrem Mann bei seiner Rückkehr servieren würde.

Nach getaner Arbeit ließ sie die Stiege zum Dachboden herunter. Dort lagerte alles, was das Jahr über wenig oder auch nie gebraucht wurde. Alte Gerätschaften, nach Mottenkugeln riechende Betttücher, Spielzeug der Kinder, aber auch See-Wetterberichte, die bis ins letzte Jahrtausend zurückreichten. Eine Kladde stand abseits, abgegriffener als die anderen. Hilla nahm sie und seltsamerweise kreuzten sich dabei ihre Gedanken mit denen ihres Mannes, der just in diesen Augenblicken an die alte Geschichte dachte, die darin vermerkt war. Sie fröstelte, schüttelte sich, fing sich aber wieder, denn die kleinen Katzen waren ihr gefolgt und forderten Aufmerksamkeit. Dieser neue Spielplatz war ganz in ihrem Sinn. Sie jagten um die Kisten – der Staub wirbelte nur so auf –, und sie konnten sich vor lauter Lebensfreude fast nicht mehr einkriegen. Hilla ließ sich davon anstecken, vergaß das dunkle Buch und kümmerte sich stattdessen um ihr eigentliches Vorhaben.

Aus einer handbemalten kleinen Holztruhe entnahm sie den gesammelten Zimmer- und Tannenschmuck für Weihnachten. Wirklich viel lag nicht vor ihr, als sie die Truhe wieder schloss, aber mit dem Wenigen würde sie doch Licht und Farbe in den schönsten Abend des Jahres bringen, das war ihr noch immer gelungen. Dabei musste sie sich beeilen, denn die Tanne stand schon lange bereit, um für den großen Auftritt am nächsten Tag geschmückt zu werden. Hilla dachte wehmütig daran, dass sie, seit die Kinder aus dem Haus waren, Jahr für Jahr später mit den Vorbereitungen für den Weihnachtsabend begann. Sie musste sich sputen. Also warf sie die beiden Katzen, die es sich darin bequem gemacht hatten, aus dem mitgebrachten Korb und begann eilig damit, Kugeln, elektrische Kerzen, silberne Bänder und weiteren Schmuck vorsichtig und Schicht für Schicht hineinzulegen. Zuoberst kam immer die abgegriffene Kladde. Hilla schlug den Einband zurück und sah auf einen mit Tusche gezeichneten Kater – ein Tigerchen –, der vor einem aufgewühlten Meer auf einem der Betonblöcke am Pier saß. Darunter stand mit feinen Pinselstrichen, *Flosse 1903*. Hilla schloss den Deckel und hatte Mühe, die Katzenkinder wieder nach unten zu bekommen. Erst das Schütteln mit dem Karton, in dem sich das Trockenfutter befand, lockte die beiden von ihrem neuen Spielplatz. Dann war es auch schon Zeit, den Tee zu kochen und die Milch zu erwärmen, denn es ging auf den Mittag zu, und jeden Moment konnten ihr Mann und der Kater mit dem Fang zurückkehren.

*

So war es auch. Die Zeit auf See war nach anfänglichen Enttäuschungen über leere Netze schließlich doch noch erfolgreich zu Ende gegangen. Pflichtbewusst hatte Hinrichsen Schollen, Makrelen, Dorsche und Heringe wieder ins Meer zurückgeworfen. Er würde keinem einen Anlass geben, ihn der Fischereibehörde zu melden. Er vertäute seinen Trawler, setzte Flosse-Jungchen an Land, nahm die mit Fischen gefüllte Tonne und stellte sie auf den Leiterwagen, der wie immer noch dort stand, wo er ihn in der Nacht abgestellt hatte. Er bedankte sich mit einer tiefen Verneigung in Richtung Meer und machte sich auf den Heimweg. Flosse-Jungchen war nirgends zu sehen, aber auch das war wie immer. Der Kater war vorausgelaufen, prüfte sein Revier und tat, was auch immer so ein tierischer Hilfsmatrose nach einer Seefahrt anstellen musste. Er würde vor Hinrichsen am Kapitänshaus sein, das war so sicher wie die erfreuliche Tatsache, dass der Klabautermann an diesem Tag keinen Schabernack getrieben hatte.

*

Zu Hause angekommen, lag Flosse-Jungchen bereits am Ofen, und die beiden jungen Katzen hatten sich zu ihm auf den warmen Stein gelegt. Der Weihnachtsbaum war geschmückt, und die Fischsuppe stand dampfend auf dem Herd. Hinrichsen hatte zunächst den Fang versorgt und sich gerade an den Tisch gesetzt, als das Telefon klingelte. Er bat seine Frau, den Hörer abzunehmen, er selbst ging so gut wie nie an den Apparat. Dass sie beide einen anachronistischen Lebensstil pflegten, war ihm durchaus bewusst. Aber sie beide wollten es so, die Welt draußen nahmen sie mit zunehmendem Alter mehr und mehr als Bedrohung wahr. Ihr kleiner Kosmos sollte eine Bastion sein und bleiben, auch wenn die Kinder und Nachbarn sie im Scherz oft als *Dinosaurier* oder als *aus der Zeit gefallen* bezeichneten.

»Der Ortsvorsteher braucht zwei Kilo Flundern und will kommen, um sie abzuholen«, rief ihm Hilla vom Gang aus zu, wo das Telefon an der Wand hing. Hinrichsen nickte und ließ sich nicht weiter beim Löffeln seiner Suppe stören. Hilla stellte, kaum dass sie aufgelegt hatte, die frisch ausgenommenen Fische in einen mit Eis gekühlten Eimer vor die Haustür. Nicht lange danach konnte sie das Tuckern eines Schleppers hören. Der angekündigte Besuch war da. Der Ortsvorsteher Malte Svensen, den alle nur *Baas* nannten, sprang von seinem Gefährt und lief auf die Haustür zu und nahm die beiden jungen Katzen ins Visier, die den Behälter mit den Fischen umrundeten, am Deckel kratzten und vehement versuchten, an den Inhalt zu gelangen. Er kannte die Hinrichsens, aber hier schien es ihm doch an der Zeit, ein ernstes Wort mit der Familie zu wechseln.

»Ihr wisst«, hob er an, »das Gesundheitsamt sieht es nicht gern, wenn eure Katzen um die Fische herumschleichen, die ihr dann verkaufen wollt«, begann er mit grimmigem Gesicht seine Ansprache, als Fischer Hinrichsen ihn mit einer einladenden Geste in die warme Stube gebeten hatte und nach ihm die beiden Jungkatzen ins Haus schob.

»Baas«, eröffnete er gelassen seine Gegenrede, »in unserer Familie ist es Brauch, Katzen eine besondere Stellung zuzuschreiben. Seit Generationen sind sie unsere Hausgenossen und Hilfsmatrosen und das hat seinen guten Grund.« Hilla hatte ihm, während dieser ersten Worte die dunkle Kladde angereicht, die Hinrichsen nun öffnete, mit dem Finger auf die Zeichnung des Katers Flosse tippte, und mit sicherer Stimme fortfuhr, während Baas den heißen Tee mit Sahne schlürfte, den Hilla ihm zugeschoben hatte. Baas ahnte wohl, dass das länger dauern würde, und ließ sich auf das weiche Sofa fallen.

»Es war im Jahr 1903 als unser Ahne, mein Urgroßvater, an Heiligabend frühmorgens, gemeinsam mit seinem Bruder Fiete, hinausrudern wollte, um, wie an jedem anderen Tag im Jahr, die Netze einzuholen. Damals gab es noch Heringe im Überfluss, auch Dorsche und Schollen, und es gab keine Einschränkungen hinsichtlich der Fangzeiten- oder Quoten.« Bei diesen Sätzen schaute Hinrichsen dem Ortsvorsteher direkt in die Augen. »Die See an diesem Weihnachtsmorgen war aufgewühlt und der Himmel zeigte an, dass er einiges vorhatte an diesem Tag. Dunkle Wolken jagten zu einem unbestimmten Ziel und der Horizont zeigte sich wie eine schwarze Wand. Trotzdem war mein Urahne gewillt, das Fischerboot zu besteigen. Sein Bruder war bereits im Boot und er wollte ihm schon folgen, doch Kater Flosse, der sonst immer der Erste an Deck war, wenn es auf See ging, wehrte sich an diesem Tag mit Kratzen und Beißen dagegen, an Bord zu springen. Da half auch gutes Zureden nicht. Kaum hatte sich Flosse aus seinem Arm befreit, schoss er davon, drehte sich aber aus sicherer Entfernung noch einmal zu meinem Urgroßvater um. Dabei sah er ihm direkt in die Augen, was Katzen ja nicht gern tun. Aber in diesem Moment fixierte er ihn, und – so steht es hier in der Kladde – es kam ihm vor, als warne ihn dieser Blick eindringlich davor, es seinem Bruder, der schon wütend nach ihm rief, gleichzutun. Er zögerte, hin- und hergerissen zwischen seinen Pflichten und seinen Ängsten, entschied sich schließlich dafür, zurückzubleiben. Ja, er hörte auf die Stimme seiner Katze, und obwohl so ein Tier keine menschliche Sprache hat, um sich uns mitzuteilen, kann es sich mit seinen Mitteln äußern. Und in diesem Fall war es so eindeutig, dass er Flosse sofort verstand. Tiere spüren Naturereignisse früher auf als Menschen, muss er gedacht haben. Ihre Instinkte sind noch intakt. Selbst Fische, das weiß jeder, der nur ein wenig aufmerksam ihre Wege verfolgt, reagieren empfindlich auf Wetterkapriolen.« Hinrichsen machte eine bedeutungsschwere Pause und fuhr dann fort: »Darin, Baas, unterscheidet sich ein guter Fischer vom schlechten, denn die guten kennen die Verstecke und damit auch die Fanggründe. Wir können den Fisch *lesen*«, fügte Hinrichsen stolz hinzu. »Mein Urgroßvater stieg also nicht ins Ruderboot, und Fiete blieb nichts anderes übrig, als wieder an Land zu gehen. Andere ruderten hinaus und verschwanden bald hinter einem Wellenkamm. Sie konnten, ohne Schaden zu nehmen, die erste große Hürde überstehen und waren bald nur noch als schwarze Punkte auf einer weißen See auszumachen. Als dann der Regen einsetzte und der Wind zunahm, kehrten mein Großvater und Fiete voller Sorge an die Pier zurück und baten einige Männer aus Lüttjebüll, mit ihnen zu kommen und sich auf einen möglichen Hilfseinsatz vorzubereiten. Sie kamen alle, obwohl es der Heiligabend war und sie bei den Familien sein wollten. Einstimmig lobten sie Flosse, der sich an diesem Tag gegen das Meer entschieden hatte, das, wie sie sagten, *sein großes Maul zu weit aufgesperrt hatte*.

Schweigend und durchnässt standen sie am Ufer und suchten die Wellenberge ab. Hin und wieder waren einzelne Boote zu sehen, sie schienen die Oberhand über die See zu behalten und steuerten erkennbar den Rückweg an. Dann aber geschah das Unheimliche. Eine riesige Welle rollte vom Horizont auf den Strand zu, gebar eine fürchterliche Schlange, die die Boote verschlang, wie einst Jona verschlungen wurde. Danach herrschte unheimliche Stille und mit einem Schlag war die See spiegelglatt. Die Männer an der Pier hatten all das hilflos mitansehen müssen. Mein Urgroßvater dachte, dass das Ungeheuer mit den Opfern seinen grausamen Hunger gestillt hatte. Und obwohl alle, kaum aus der Erstarrung erwacht, hinausruderten, fand sich von den Verschollenen keine Spur mehr. Auch die Netze blieben unauffindbar. Inzwischen hatten sich alle erwachsenen Bewohner – auch ein paar ältere Kinder – an der Pier versammelt, denn das Unglück hatte sich wie ein Lauffeuer verbreitet. Die Frau von Fiete, Elsa, kam später auf meinen Urahnen zu und dankte ihm weinend. Und so laut, dass alle es hören konnten, rief sie nach Flosse.

Zum Glück hatte das Seefahrer-Schicksal die Seinen gnädig verschont, und er konnte noch viele Jahre unbeschadet zur See fahren; auch dank seines Katers Flosse, der stets bestimmte, wann er die Netze einholen durfte.

Seit diesem Weihnachtstag leben immer Katzen im Haus der Hinrichsens. Und immer wieder wählen wir ein geeignetes Tier aus, das wie damals Flosse mit auf das Boot kommt. Und mit Flosse-Jungchen habe ich einen, dessen Verbundenheit mit dem Meer so groß ist, dass er die Botschaften, die die See aussendet, verstehen kann und damit zum wertvollen Begleiter für mich geworden ist.«

Nachdem Jan Hinrichsen diese Eloge auf die Familienkatzen beendet und die alte Kladde zugeklappt hatte, herrschte eine feierliche Stimmung, die bald in muntere Gespräche überging, und das wiederum lockte die jungen Katzen an. Sie schlichen dem Ortsvorsteher um die Beine, der den Einkauf schließlich ohne ein weiteres kritisches Wort auf seinen Schlepper packte und nachdenklich noch einen schönen Weihnachtsabend wünschte.

Als die Kinder der Hinrichsens eintrafen und es zur Bescherung kam, fanden sich die jungen Katzen zu ihrer großen Freude erneut im Mittelpunkt und genossen die Spiele mit den Geschenkbändern und dem Papier, was sich in einem Durcheinander unter dem kleinen Christbaum befand. Flosse-Jungchen, der Kater, lag ganz oben auf dem Kachelofen und sah dem Treiben zu. Er konnte nicht ahnen, dass er im Winter des nächsten Jahres, kurz vor Weihnachten Vater eines kleinen Katers werden würde, noch konnte er wissen, dass auch dieser Flosse-Jungchen gerufen werden würde, aber bald alle nur noch Flosse zu ihm sagen würden. Denn auch dieser Kleine war nicht nur eins mit dem Meer – er wurde zum besten Hilfsmatrosen, den es seit Jahren gegeben hatte.

CHRISTIAN SCHNALKE
Kurisumasu

Ich möchte von unserem ersten Weihnachtsfest in Tokyo erzählen. Als alles neu war und aufregend und höchst ungewöhnlich. Und ich möchte von den Katzen erzählen, die dabei eine Rolle spielten: von den beiden, die wir zu Hause hatten zurücklassen müssen, von einer Glückskatze aus Porzellan und vom dreifarbigen Ghibli mit dem Stummelschwanz.

Linda hatte am ersten Dezember ihre Stelle am germanistischen Seminar der Meiji-Universität angetreten. Sie war überrascht über die profunden Kenntnisse, die ihre vielen Studentinnen und wenigen Studenten nicht nur in deutschsprachiger Literatur der Klassik, Romantik und Weimarer Republik mitbrachten, sondern auch in deutscher Musik und Malerei. Jeden Tag schwärmte Linda von ihrer Arbeit.

Ich war als ihr Partner nach Japan mitgekommen, mein Plan war es zu schreiben. Dass wir überhaupt hatten herkommen können, war reiner Zufall gewesen. Wir sprachen beide kein Wort Japanisch und wussten nur das Allgemeinste über das Land. Doch eine Kollegin von Linda war ausgefallen, und man hatte Linda gefragt, ob sie kurzfristig einspringen wolle. Uns beide ergriff sofort die Entdeckerlust und wir sagten begeistert zu. Wenige Wochen später packten wir ein paar Umzugskartons mit dem Notwendigsten und starteten ins Ungewisse.

Nach unserer Ankunft wurden wir in einem Hotel untergebracht, und die Universität half uns dabei, eine Wohnung zu finden. Ein Makler fuhr uns herum und zeigte uns Wohnungen, und einer von Lindas neuen Arbeitskollegen wurde abgestellt, uns auf der Tour zu begleiten: Haruto, der zwei Jahre in Heidelberg studiert hatte und fantastisch hilfsbereit war. Er gab uns auf seine sachliche und bedächtige Weise viele Tipps, die sich in den folgenden Wochen immer wieder als wertvoll erwiesen.

Die ersten beiden Wohnungen, die wir besichtigten, lagen in Hochhäusern, boten einen Ausblick über zweistöckige Stadtautobahnen und besaßen den Charme einer Legebatterie. Zur dritten Wohnung fuhren wir durch ein Gewirr von Gassen, die so schmal waren, dass sie nicht einmal einen Bürgersteig besaßen, vorbei an zweistöckigen Häusern, so eng gebaut, dass gerade ein Auto oder ein paar Mülltonnen dazwischenpassten. Auf den Stufen zu den Haustüren standen hier und da Blumentöpfe, die grauen Kästen der Klimaanlagen oder Schälchen mit Katzenfutter und Wasser. Als wir hielten und aus dem Auto stiegen, zeigte der Makler zu einem winzigen Balkon im ersten Stock hinauf. Dort oben saß eine Katze auf dem Geländer und leckte sich in aller Ruhe das Fell. In diesem Moment wussten wir, dass wir unser neues Zuhause gefunden hatten.

Der Makler erklärte uns in einer Mischung aus japanischen und englischen Halbsätzen, dass die Katze nicht zur Wohnung gehörte, aber wir waren uns trotzdem sicher, dass sie ein Zeichen für uns war. »Die bringt uns Glück«, freute sich Linda. Wie sehr sie recht haben sollte, ahnten wir damals noch nicht.

Unsere Wohnung zu Hause in Berlin hatten wir an zwei

Studentinnen untervermietet. Inklusive unserer beiden Katzen: dem etwas ungeschickten Tiggy, der leicht humpelte, seit er einem Fahrrad in die Quere gekommen war, und Hexe, die tiefschwarz war – bis auf ihre weißen Pfoten und einen schiefen Strich auf der Stirn, der an eine gekrümmte Hexennase erinnerte. Die beiden waren das Einzige, das wir von zu Hause vermissten.

Als wir über eine Außentreppe in den ersten Stock hinaufgestiegen waren und die Wohnung besichtigten, waren wir begeistert: Eine geräumige und helle Küche war durch zwei leichte hölzerne Schiebetüren mit einem schmalen Wohnzimmer verbunden, das mit vier Tatami-Matten ausgelegt war. Außerdem gab es ein winziges Bad und ein nahezu ebenso winziges Schlafzimmer. Die Wohnung war wie für uns geschaffen. Jedenfalls fast. Denn als Linda an unserem ersten Abend dort die nagelneuen Futons ausrollte, stellte sich heraus, dass ich sowohl mit dem Kopf als auch mit den Füßen die Wände berührte. Das Schlafzimmer wurde also zur Kleiderkammer, und wir schliefen im Wohnzimmer. Das machte aber nichts. Die japanische Art zu schlafen ist nämlich ebenso praktisch wie raumsparend: Abends schoben wir unseren kleinen Wohnzimmertisch in die Ecke, nahmen die Futons aus dem riesigen Einbauschrank und rollten sie nebeneinander aus. So verwandelte sich unser Wohnzimmer in ein Schlafzimmer und am Morgen, wenn wir die Matratzen zusammenrollten, wieder zurück.

Der Dezemberhimmel strahlte seit unserer Ankunft tiefblau. Jeden Morgen hatten wir den Eindruck, die Luft sei noch klarer und durchsichtiger als am Tag zuvor. Die Besucherterrasse des Carrot-Tower, der 26 Stockwerke hoch über der U-Bahnstation Sangenjaya in die Höhe ragt, war jeden Tag voller Menschen. Dutzende von Smartphones und Fotoapparaten wurden vor die hohen Scheiben gehalten, um über die endlosen Häuserreihen Tokyos hinweg ein Foto des Fuji San zu machen. Denn in der klaren Winterluft war er außergewöhnlich gut zu sehen. Weiß und elegant strahlte er in der Ferne. Da das Vergnügen gratis war, kamen wir oft herauf.

Wenn man vom obersten Stock aus nicht in die Ferne, sondern direkt nach unten blickte, sah man das Gewirr der Gassen, die unzähligen Dächer der kleinen Häuser, das breite Band der zweistöckigen Stadtautobahn, die einen tiefen Schatten auf alles warf, das sich nördlich von ihr befand, und schließlich das im Sonnenschein glänzende Schienengeschlängel der alten Tokyu-Setagaya-Linie mit ihren niedlichen grünen Waggons. Wir versuchten, in diesem Labyrinth unser Haus zu finden, aber es gelang uns nicht.

Wenn Linda Feierabend hatte, holte ich sie meist ab und wir unternahmen etwas. Entweder in der Nähe ihrer Uni in Jimbocho, wo es so viele Buchläden gab, oder in Shibuya, wenige U-Bahn-Stationen von unserer Wohnung entfernt. Meist kauften wir in der Lebensmittelabteilung eines Kaufhauses oder in einem der kleinen Läden mit einer Verkaufstheke am Bürgersteig etwas zu essen. Wir entdeckten und probierten ständig Neues. Oft wussten wir gar nicht genau, was wir aßen, aber es schmeckte immer köstlich. Wenn wir mal keine Lust auf Neues hatten, holten wir Sushi. Das ging immer. Manchmal aßen wir in einem Park, aber wenn es zu kalt und zu dunkel wurde, nahmen wir unser Essen mit nach Hause. Obwohl wir einen schönen Tisch und zwei Stühle gekauft hatten, aßen wir in unserem kleinen Wohnzimmer am niedrigen japanischen Tischchen auf den Tatami-Matten sitzend. Dazu gab es Sake, den wir in der Mikrowelle erhitzten, oder eine Dose Bier aus dem *konbini*, dem *convenience store*.

Wir hatten noch manchmal Ausschau nach dem Kater auf dem Geländer gehalten. Während wir uns in der neuen Wohnung einlebten, merkten wir, wie sehr unsere Hände das Gefühl des warmen Katzenfells von Tiggy und Hexe vermissten, unsere Beine den sanften Druck ihres Entlangstreifens, unsere Ohren das feine Maunzen zur Begrüßung oder das fordernde Miauen, wenn es Zeit wurde für die Fütterung.

Linda hatte bei der Besichtigung gleich die Balkontür aufgeschoben und war hinausgetreten, um die Katze zu streicheln. Doch die stand gemächlich auf und balancierte auf die andere Seite des Geländers, wo sie hinter dem grauen Kasten der Klimaanlage für Linda nicht erreichbar war. Die Katze hatte ein dreifarbiges Fell – weiß, schwarz und hellbraun – und blickte uns aus zwei unterschiedlichen Augen an – eines gelb, eines blau. Als sie ihren Körper zu einem unwilligen Buckel durchbog, um uns zu zeigen, dass sie lieber ihre Ruhe hätte, sahen wir, dass es ein Kater war, und dass er einen Stummelschwanz hatte, der eher wie der eines Kaninchens aussah.

»Der Arme!«, rief Linda. Wir sahen ihm betroffen nach, während er geschickt auf das Geländer des Nachbarbalkons sprang, von dort auf den Ast eines winterlich kahlen Baumes und schließlich verschwand.

»Wahrscheinlich hatte er einen Unfall«, vermutete Linda.

»Jedenfalls scheint er ohne seinen Schwanz gut zurechtzukommen.«

Doch Haruto winkte ab. »Ist nicht verstümmelt. Ist japanische Rasse. Heißt *kazoku neko*. Familien-Katze. Ist sehr klug und freundlich. Lernt schnell.«

In den Tagen nach unserem Einzug sahen wir ihn nicht wieder. Aber wir sprachen öfter über ihn. Schließlich war er der Grund gewesen, dass wir uns für die Wohnung entschieden hatten. Zumindest hatten wir gehofft, dass er uns Glück bringen würde.

Der Gedanke an den Kater ließ uns nicht los, und so sprachen wir mit Haruto, als wir ihn zum Dank für seine Begleitung zum Abendessen einluden, über die seltsame Rasse. Der Legende nach gehen die schwanzlosen Katzen auf eine Katastrophe zurück, die sich vor langer Zeit ereignet hat: Einer achtlosen Katze war beim Schlafen nahe einer Feuerstelle der Schwanz in Flammen geraten. In ihrer Panik rannte sie durch die Gassen und setzte ein ganzes Stadtviertel in Brand. Damit sich das nie wieder ereignen könne, ordnete der Kaiser an, allen Katzen die Schwänze abzuschneiden. Eine andere Legende weiß zu berichten, dass sich Hauskatzen unter gewissen Umständen in unheilbringende Katzendämonen, in *nekomata*, verwandeln, deren neun Schwänze zu Schlangen werden. Um dem vorzubeugen, habe man den Katzen vorsichtshalber die Schwänze abgeschnitten. Das alles strotze nur so vor Fragezeichen, gab Haruto lächelnd zu, und erkläre auch nicht die Entstehung der Rasse. Tatsächlich schien es sich nämlich so zu verhalten:

Im 16. Jahrhundert wurden in China und in Japan Katzen in der Seidenraupenzucht eingesetzt. Ihre Aufgabe war es, Ratten und Mäuse zu jagen, die die Seidenraupen fraßen. Leider zerstörten sie dabei mit ihren Schwänzen die kostbaren Gespinste. Also kupierte man sie kurzerhand und versuchte in Japan, Katzen ohne Schwanz zu züchten. Es gelang. Obendrein war die neue Rasse so gelehrig und geschickt, dass sie ihre Aufgabe perfekt erfüllen konnte. Erstaunlich an der Geschichte schien uns vor allem, wie lange der Mensch schon das Erbgut von Tieren manipuliert.

Unsere Glückskatze jedenfalls sahen wir vorerst nicht wieder – bis eines Abends... Wir waren gerade nach Hause gekommen, und Linda war schon ins Wohnzimmer gegangen, als ich sie rufen hörte: »Hier sind Katzenhaare auf dem Bett!«. Es klang ein wenig wie »Wer hat in meinem Bettchen geschlafen?«. Hastig schlüpfte auch ich aus meinen Schuhen und lief zu ihr. Tatsächlich: Am Morgen hatte ich unsere Futons nicht in den Schrank geräumt, die Decken waren zurückgeschlagen, und auf dem Laken hatte sich eine deutliche Kuhle abgedrückt, die rundherum von Katzenhaaren gestrichelt war.

»Da hat jemand Mittagsschlaf gemacht.«

»Ich habe wohl vergessen, das Fenster zuzumachen, als ich gegangen bin«, sagte ich, aber die Schiebetüren waren zu. Ebenso das kleine Fenster über der Spüle sowie das in der Kleiderkammer, bei dem aber ohnehin immer das Mückengitter geschlossen blieb.

»Unser Kater ist hier gewesen«, sagte Linda freudig. »Vielleicht hat er dem Vormieter gehört und fühlt sich hier zu Hause!«

»Aber wie ist er hereingekommen?« Es war ein Rätsel. Wir suchten die gesamte Wohnung ab – was nicht lange dauerte –, aber fanden ihn nicht. So geheimnisvoll wie er hereingekommen war, war er wieder verschwunden.

Wir schwebten förmlich durch unsere neue Welt. Unser Leben war leicht geworden. Alles, was ein Leben beschwert – Besitz, Glaubenssätze, Verpflichtungen –, hatten wir weit weg zurückgelassen. Wir kauften zwei einfache Fahrräder und erkundeten Tokyo. Wenn man mit der U-Bahn fährt, scheint es keine Verbindung zwischen den Punkten zu geben, zwischen denen man sich bewegt. Auf dem Rad erlebt man die Stadt in Gänze, ihre großen Kreuzungen mit Menschenmassen, die alle zugleich losgehen, die stillen Gassen, wo zwischen den Wohnhäusern gelegentlich Getränkeautomaten vor sich hin summen, im Dunkeln das Leuchten eines geöffneten 7-Eleven oder eines FamilyMart. Man radelt unter zweistöckigen Autobahnen hindurch, und nachdem man gerade am Strahlen einer unanständig luxuriösen Sportwagenniederlassung vorbeigerollt ist, findet man sich unvermittelt in einer schmalen Gasse mit dunklen Häuschen unter dem Gewirr von Telefonleitungen und Stromkabeln. Ständig durchfährt man kleine Wolken neuer Gerüche: Aus der Tür eines Sukiyaki-Restaurants strömt der Duft von gebratenem Fleisch, von einer Ramen-Theke der würzige Geruch der Suppen, aus einem *konbini* der von paniertem Fast Food.

Ein Fahrrad ist wie eine Lupe, mit der man über alles hinwegschwebt: über Bürgersteige und Straßen, vorbei an Hauswänden mit ihren Graffitis, an Fenstern und Türen, Durchfahrten und Höfen, am trockenen Gras vergessener Grundstücke, leeren Fast-Food-Packungen auf Stromkästen, parkenden Autos, schmutzigen Zebrastreifen und hier und da einer Katze, die eilig durch einen Zaun verschwindet.

Wenn wir gegen Abend nach Hause zurückkehrten, legten wir oft einen Halt bei unserem Schrein ein. Er lag nur ein paar Häuser von unserer Wohnung entfernt. Das Gelände, ein üppiges grünes Dreieck, konnte man sogar vom Carrot Tower aus erkennen. Der Schrein selber versteckte sich unter hohen Bäumen. Man betrat das Gelände durch eine Lücke zwischen zwei Wohnhäusern, ging unter einem Torii aus Granit hindurch und gelangte in eine wunderliche Stille. Unsere Nachbarschaft war ohnehin bemerkenswert ruhig. Kaum Autos fuhren durch die engen Gassen. Lediglich ein Moped knatterte von Zeit zu Zeit zwischen den Häusern entlang. Ein Lieferant, der ein Tablett mit japanischen Speisen hinter sich an ein Gestell gehängt hatte, damit es frei schwingen konnte und sogar die Suppe in ihrer Schüssel blieb. In der Umgebung des Schreines aber herrschte eine eigene Stille, die an den kalten Abenden etwas Weihnachtliches hatte.

Nachdem man das Torii durchschritten hatte, gelangte man in den äußeren Bereich des Schreins. Unter den Bäumen, die im Winter ihre kahlen Zweige in den Himmel reckten und umgeben waren von einem steinernen Zaun, in dessen fortlaufende Säulen aus Granit Schriftzeichen eingraviert waren, standen ein paar Spielgeräte aus Eisen, eine Rutsche, eine Schaukel, eine Wippe, die schon ebenso oft bunt gestrichen worden waren, wie ihre Farbe wieder abgeblättert war. An den Seiten ein paar Bänke, auf denen tagsüber junge Mütter miteinander plauderten und ihre mitgebrachten Speisen auspackten. In der Dämmerung verschwanden sie alle wie ein Traum.

Vom Spielplatz aus führten mehrere Stufen hinauf in den eigentlichen Bereich des Shinto-Schreins. An einem plätschernden Brunnen reinigte man sich Hände und Mund. Dann ging es – vorbei an mehreren Miniaturschreinen, steinernen Katzen, die ein grünes Winterfell aus Moos trugen, und steinernen Laternen – zum großen Schrein, dessen schwungvolles Dach von wuchtigen hölzernen Säulen getragen wurde. Sowohl die Wände als auch die engen Gitter vor den Fenstern, die im Sommer Luft durchließen und im Winter mit Papier bespannt waren, bestanden aus dem gleichen dunklen Holz. Über den Stufen zum Eingang hing von rechts nach links ein schweres Seil, an dem wiederum fein gefaltete Papierstreifen im Abendwind wehten. Die Schiebetüren standen offen, und im Inneren schimmerte in der Nähe von Laternen viel Holz und Gold. Auf Tatami-Matten stand hochbeinig eine große Trommel.

Der Zutritt war versperrt durch zwei tragbare Zäunchen rechts und links des hölzernen Kastens für die Opfermünzen. Als wir die Stufen bis zu dem Kasten emporstiegen, kramten wir jeweils 100 Yen aus der Tasche und warfen sie durch das Gitter hinein. Linda zog an dem Glockenseil, um die Götter auf unser Opfer aufmerksam zu machen, wir verbeugten uns höflich, klatschten zwei Mal in die

Hände und formulierten im Stillen unsere Wünsche. Ich weiß nicht, was Linda sich gewünscht hat, aber was mich anbelangt: Ich lebte in diesen Wochen und Monaten so vollkommen im Hier und Jetzt, dass es nur Kleinigkeiten waren, die mir zu wünschen übrigblieben. Meist habe ich die Gelegenheit vor allem genutzt, um mich zu bedanken. Stille Nacht, heilige Nacht.

Während wir eines Abends vor dem Schrein standen, fühlte ich mich beobachtet. Aber es war niemand da. Die steinernen Füchse und Katzen an den Nebenschreinen saßen reglos und blickten starr in eine andere Richtung. Dann entdeckte ich ihn – reglos, aber entschieden nicht aus Stein: unseren Kater. Er saß auf einer steinernen Laterne, im Dämmerlicht kaum zu sehen. Nur seine Augen spiegelten sanft den Lichtschein aus dem Inneren des Schreins wider.

Er hatte die Glocke gehört und unser Opfer angenommen. In seiner katzenhaften Art hatte er sich dazu herabgelassen, unter uns Menschen zu wandeln. Haruto hatte uns erzählt, in japanischen Katzen-Schreinen wird jedes Jahr ein *Tag der Zeit* begangen. Dann kommen neben Katzenfreunden traditionell auch Uhrmacher und Uhrhändler, um ein langes Leben zu erbitten, da die Katzengottheiten als Hüterinnen der Zeit gelten. Daran musste ich nun denken, denn sein Auftauchen und Verschwinden schien einem ganz eigenen Zeitgefühl zu gehorchen. Ich berührte Linda am Arm und deutete in seine Richtung. Wir wagten kaum zu atmen, um ihn nicht zu vertreiben.

»Warum schaut er uns so an?«, flüsterte Linda. »Glaubst du, er wohnt hier?«

»Soll ich dir sagen, was ich glaube? Er ist in Wahrheit eine von diesen Steinkatzen und verwandelt sich nur für uns in eine lebendige Katze. Er ist einer der Schreingötter. Du hast ihn mit der Glocke gerufen.«

»Du meinst, er ist gekommen, um unsere Wünsche zu erfüllen?«

»Oder er ist eine der gefürchteten *nekomata* …«

Die Dunkelheit um uns herum schien noch dunkler zu werden.

»Das würde erklären, wie er es schafft, immer wieder in unsere Wohnung zu kommen.«

»Durch Magie?«

»Durch Magie …«

Natürlich. So musste es sein. Wenn man ihn so ansah, wie er in aller Ruhe auf der Steinlaterne saß, seine weichen Pfoten auf die gleiche Weise in den kalten Granit gestemmt wie seine steinernen Freunde, dann lag es auf der Hand. Die Frage war nur: Warum wir? Wieso verwandelte er sich für uns? In seinen Augen mussten wir lediglich ein paar Fremde sein, die ein Zeit lang in seinem kleinen Reich aufkreuzten, um bald wieder zu verschwinden. Nichts von Dauer, nichts, das den eigenen Lebenskreis wirklich berührte. Er musste in uns irgendetwas sehen, was wir nicht sahen.

»Hallo, Ghibli«, flüsterte Linda.

»Ghibli?«, fragte ich.

»Wir nennen ihn Ghibli.«

»Wir können ihm keinen Namen geben, er gehört uns nicht.«

Linda näherte sich ihm langsam, bis sie einander Auge

in Auge gegenüberstanden. Linda hob vorsichtig die Hand, er schnupperte daran – und drückte seine Stirn gegen ihre Finger. Er ließ sich ausgiebig streicheln und drehte sich vor Wonne im Kreis. Nach seinem geheimnisvollen Auftauchen war er mit einem Mal die schmusigste aller Katzen.

»Siehst du?«, fragte Linda. »Wir können ihm einen Namen geben.«

Und was soll ich sagen? Am nächsten Tag war er wieder da. Als wir heimkamen, lag er auf Lindas Futon und leckte sich das Fell, so selbstverständlich, als sei er immer schon da gewesen. Und vielleicht war er das ja auch.

Aber ich wollte von Weihnachten erzählen. Wir erkundigten uns bei Haruto, ob und wie Japaner Weihnachten feiern. Denn dass sie es tun, ist bei den wenigen Christen im Lande nicht selbstverständlich. Aber ich hatte oft den Eindruck, eine Stärke der japanischen Welt liegt darin, dass sie mit Bedacht von jeder Kultur das Beste übernimmt.

»Die meisten Japaner feiern Weihnachten nur bisschen«, erklärte uns Haruto. »Es ist ein schönes Fest, aber ein normaler Arbeitstag. Vor allem junge Leute feiern es, Liebespaare. Sie gehen zusammen essen. Ein bisschen wie Valentinstag. Wer keine Verabredung hat, ist traurig. Dann ist man *kuribochi*.«

»Was ist das?«

»Ein *kuribochi* ist ein neues Wort aus *kurisumasu* – Weihnachten – und *hitoribochi* – alleine. Also ein Weihnachtseinsamer. Ein *kuribochi* hat zu Weihnachten kein Date. Gilt aber nur für junge Leute, die nicht verheiratet sind. Familien gehen zu Kentucky.«

»Kentucky Fried Chicken?«, fragte Linda erstaunt.

»Ja, ist eine Tradition.«

»Was ist denn das für eine Tradition? Warum?«

»Weiß nicht. Ist eben Tradition. Es gibt dann spezielle Weihnachtsmenüs. Ihr müsst unbedingt reservieren. Ist immer ausgebucht.«

»Das ist cool!«, bestätigte ich. »Wir gehen Weihnachten zu Kentucky.«

»Nein, tun wir ganz bestimmt nicht!« Linda stieß mich an.

»Machen sich denn Japaner zu Weihnachten Geschenke?«, fragte ich.

»Ja, aber auch nur Kindern und Ehepartnern. Und natürlich, wenn du Date hast.«

Da Linda sich also partout weigerte, zu Kentucky zu gehen – ich ärgerte sie noch ein paar Mal damit –, reservierten wir in einem schönen Sukiyaki-Restaurant im sechsten Stock eines Hochhauses. Nicht weit entfernt von der Statue des treuen Hundes Hachiko am Bahnhof Shibuya, die uns oft als Treffpunkt diente. Von den riesigen Leuchtreklamen hoch über der Kreuzung blitzten und strahlten in Werbefilmen weihnachtliche Motive: Stechpalmenzweige, Geschenkpäckchen, Rentiere, Weihnachtsmänner. Gezeichnet, animiert und gefilmt. Tanzende Weihnachtsbäume, behagliche Kaminfeuer, lachende Menschen im Schnee. Reiseangebote zu den Fuji-Seen, für Hotels mit Onsen-Bädern in den japanischen Alpen oder zu traditionellen Dörfern auf Hokkaido. In den großen und kleinen Geschäften, auf den Rolltreppen und an Cafétischen wurde die allgemeine Beschallung weihnachtlicher. Und natürlich sprudelte Kentucky über vor Weihnachten.

Heiligabend rückte näher, und ich musste unbedingt die Frage klären, was ich Linda zu Weihnachten schenken würde. Während sie arbeitete, trieb ich mich in Kaufhäusern und Läden herum. Möglichkeiten gab es im Grunde genug. Buddhismus hin, Shintoismus her, viele Japaner ließen es sich nicht nehmen, zu Weihnachten kleine Kostbarkeiten zu kaufen. Bis hin zu den Haushaltswaren gab es Sonderangebote. Und alles war so wunderschön, jede Schale, jedes Lacktablett, sogar die Essstäbchen. Es stapelten sich die hübschen Geschenkkartons mit Umschlägen aus Seidenpapier. Das ohnehin reiche Angebot an Gebäck explodierte noch einmal, und auch das Obst rückte noch mehr in den Vordergrund. Kartons mit genau 16 perfekten Erdbeeren gleicher Größe, im Quadrat angeordnet. Für uns waren sie ebenso verlockend wie unerschwinglich. Genau wie die einzeln verpackten Äpfel, die so schön waren, als hätte Walt Disney sie gezeichnet.

Aber ich konnte doch Linda keine Teller und Tassen schenken, als seien wir ein altes Ehepaar! Die eine oder andere hübsche Kleinigkeit kaufte ich, aber eine persönliche Idee fehlte noch. Linda freute sich über persönliche Ideen. Sie war da eigen.

Gemeinsam gingen Linda und ich eine andere sehr wichtige Angelegenheit an: den *kurisumasu keki – Christmas cake*. Weiße Sahnetorten mit frischen Erdbeeren dekoriert. Wir analysierten Größen, Formen, Qualität und Preise. Angebote gab es überall: An den ohnehin allgegenwärtigen Tortentheken, wo die liebevollsten Törtchen angeboten und fachmännisch in gekühlte Kartons verpackt wurden. In den Eingangsbereichen der Kaufhäuser poppten provisorische Stände auf, an denen sich die Kartons mit den sahnigen Torten stapelten.

Wir entschieden uns für ein rechteckiges Exemplar von der ungefähren Größe eines Kastenkuchens. Sie stand in einer gläsernen Theke im Ausgang der U-Bahn-Station Sangenjaya, der zugleich als Untergeschoss des darüberliegenden Kaufhauses diente.

Die Oberseite des weiß umhüllten *keki* war ein Kunstwerk aus Sahnetupfen, frischen Erdbeeren, zuckrigen Stechpalmenblättern, einer englischsprachigen Beschriftung und einem Reh aus Plastik. Auf seinem Plastikrücken hatte es weiße Tupfen. Wir besitzen es heute noch.

»Es ist kein Reh, es ist ein Rentier.«

»Mit weißen Tupfen?«

»Warum nicht. Sieht doch hübsch aus.«

Und das tat es wirklich.

Eine Verkäuferin mit einem weißen Papierschiffchen im schwarzen Haar verpackte die Torte in einen Karton, den sie uns mit einer Verbeugung überreichte. Auch wir verbeugten uns und trugen unseren Schatz nach Hause. Dort aßen wir den Kuchen auf unseren handgefertigten japanischen Tellern, die zwar mit ihrem rauen Design überhaupt nicht zum Sahnigen der Torte passten, aber eben unsere guten Teller waren.

Wir kauften auch einen winzigen Weihnachtsbaum mit künstlichem Schnee auf den Plastiknadeln, kleinen bunten Birnchen und einem schiefen Stern auf der Spitze. Er hatte mit ein paar weiteren identischen Bäumchen im vierten

Stock eines schmalen Elektroladens in Shibuya zwischen Reiskochern und Heizöfen gestanden und zeichnete sich vor allem dadurch aus, dass er in eine Plastiktüte passte und in der U-Bahn transportiert werden konnte. Als wir ihn in unserer Wohnung in die Zimmerecke stellten, wirkte er allerdings so verloren, dass wir ihm doch lieber einen Platz auf dem Tisch einräumten. Zum Glück hatte er mehrere Funktionen, so dass wir sein Blinken in ein dauerhaftes Leuchten umschalten konnten, das zumindest ansatzweise einer weihnachtlichen Stimmung nahekam.

Ghibli hatte sich inzwischen bei uns eingerichtet. Er schien sich recht wohlzufühlen und war fast jeden Tag bei uns.

»Was machen wir jetzt?«, fragte Linda, während sie seinen Bauch kraulte. »Wir können ihn doch nicht einfach hierbehalten.«

»Er kann ja jederzeit gehen, wenn er möchte.«

»Aber vielleicht gehört er ja wirklich dem Vormieter?«

»Das würde jedenfalls erklären, warum er sich hier zu Hause fühlt.«

Linda rief also mit Harutos Hilfe beim Makler an und bat ihn, sich bei unserem Vormieter zu erkundigen, ob er eine Katze besitze und vermisse, ob der Kater vielleicht von der neuen Wohnung aus zu seinem alten Zuhause zurückgelaufen sei.

Zumindest fand ich endlich die Lösung, wie Ghibli in die Wohnung kam: durch das winzige Fensterchen im Badezimmer. Eine Art Klappe nur, sie stand immer offen, um die Feuchtigkeit des Badezimmers hinauszulassen, und führte zum außenliegenden Treppenaufgang. Dort draußen befand sich das Fensterchen auf Kopfhöhe. Ich hätte nie gedacht, dass eine Katze dort hineinspringen könnte. Die Wand war mit Fliesen verkleidet, an denen keine Kralle Halt fände. Trotzdem ging Ghibli hier ein und aus.

Ich muss sagen, Ghibli war ein angenehmer Mitbewohner. Es tat mir gut, beim Schreiben nicht ganz allein zu sein. Ghibli und ich unterhielten uns über alles Mögliche. Das heißt, ich redete, und er hörte zu. Zumindest unterbrach er seine Körperreinigung, wenn ich mit ihm sprach, und er hob den Kopf, wenn ich ihn etwas fragte. Manchmal sprang er auf den Schreibtisch und schaute zu, wie ich die Tasten meines Laptops bearbeitete.

Einmal fragte ich ihn: »Was soll ich Linda zu Weihnachten schenken? Du hast doch bestimmt eine Idee. Du bist Japaner, du kennst dich aus, und als Kater hast du bestimmt auch Erfahrung mit Frauen.«

Er blickte mich aus seinen ungleichen Augen an.

»Also was ist?«, bohrte ich nach. »Hast du nun eine Idee, oder musst du erst darüber nachdenken?«

Er saß auf seinem Po, die Vorderbeine auf die Tischplatte gestellt, die Pfoten leicht nach außen gedreht, elegant wie eine kleine Ballerina mit Fell. Schließlich hob er die rechte Pfote und reckte sie hoch.

»Natürlich!«, rief ich aus. »Das ist eine gute Idee! Das wird Linda gefallen!«

Er begann, seine Pfote zu lecken. Als ob er sie nur deshalb hochgehoben hätte. Nur um sie zu lecken. Das war typisch für ihn: Erst sendete er ein klares Signal, dann ließ er einen als Verrückten dastehen, der sich mit Katzen unterhält.

Am 24. Dezember hatte Linda frei. Nicht etwa wegen Weihnachten. Aber der Tag lag zwischen dem Geburtstag des damaligen Kaisers am 23. und dem Gründungstag der Meiji-Universität am 25. Dezember und war traditionell vorlesungsfrei.

Nachmittags machten wir uns dem Anlass gemäß fein, argwöhnisch beobachtet von Ghibli, der dem fremden Brauch offenbar skeptisch gegenüberstand, und fuhren bei Einbruch der Dunkelheit mit der Den'entoshi-Line zur Omotesando, wo wir in die Chiyoda-Line nach Hibiya umstiegen. Im Hibiya-Park, der unmittelbar am Kaiserpalast liegt, war der weihnachtlichste aller Weihnachtsmärkte aufgebaut, überragt von einer turmhohen Weihnachtspyramide aus dem Erzgebirge. Überhaupt war alles sehr deutsch und gemütlich. Wir tranken einen Kakao und einen Glühwein und spazierten dann weiter zur Hibiya Magic Time Illumination, die nicht nur die Hauptstraße feierlich erhellte, sondern auch eine Dachterrasse im Licht unzähliger Birnchen mystisch schimmern ließ – mit weitem Rundumblick auf die Hochhäuser Tokyos. Nachdem wir unzählige Fotos gemacht hatten, fuhren wir mit der Ginza-Line nach Shibuya zurück und mit dem Aufzug in das Sukiyaki-Restaurant.

Sukiyaki war das perfekte Wintergericht. Über einem Brenner in der Mitte des Tisches briet eine junge Bedienung im Kimono in einer gusseisernen Pfanne hauchdünnes Fleisch, Pilze und Gemüse, die sie roh und frisch mit zwei langen Kochstäbchen von einem großen Teller nahm, und kochte das Ganze mit einer würzigen sojaartigen Sauce ein. Sie sah sehr anmutig aus, wie sie mit einer feinen Haltung den Ärmel des Kimonos in Sicherheit brachte, während sie geschickt mit den Stäbchen das Gemüse wendete. Es duftete köstlich. Wir stießen mit *namabiru,* frisch gezapftem Bier an, denn Sekt konnten wir uns nicht leisten. Nach dem Essen gönnten wir uns einen heißen Sake, und ich überreichte Linda mein Geschenk: aufwendig verpackt in einer Holzschachtel, die mit Seidenpapier ausgelegt war, eine *maneki neko*. Eine Glückskatze.

Ihr Porzellan glänzte in Weiß, in Rot und in Gold, und sie war ebenso gefleckt wie unser Ghibli. Sie hob die rechte Pfote. Die Verkäuferin hatte mir in einfachen englischen Phrasen, die wie Multiple-Choice-Tests klangen, erklärt, dass ich als Weihnachtsgeschenk unbedingt eine Katze nehmen müsse, die die rechte Pfote hob. Denn nur diese brächten Glück. Die anderen, mit der emporgereckten linken Pfote, seien für Geschäfte gedacht und brächten Wohlstand. Das erklärte ich Linda, doch sie wusste es bereits (von Haruto). Ich fragte sie, ob sie lieber eine erhobene linke Pfote gehabt hätte, ich könne die Katze sicherlich umtauschen, doch Linda wollte davon nichts wissen. Wir beteuerten uns gegenseitig, dass wir keinen Reichtum brauchten, sondern mit Glück zufrieden waren.

Mir schien, dass unsere Glückskatze die Schnauze mit den aufgemalten Schnurrhaaren etwas pikiert zusammenzog, als ob sie auf bessere Besitzer gehofft hätte als ausgerechnet zwei arme Ausländer. Ihre runden Augen wirkten entweder traurig oder unwirsch, das ließ sich nicht so genau sagen. Ich war ein wenig enttäuscht, weil sie nicht zufrieden lächelte – das war mir im Kaufhaus nicht aufgefallen.

Angeregt vom heißen Sake spazierten wir später Arm in Arm vorbei an dem lärmenden Treiben in den Pachinko-Hallen und Spielpalästen zu einem Karaoke-Etablissement, wo uns ein winziger Raum im fünften Stock zugewiesen wurde. Er bestand aus nichts weiter als einer Eckbank mit einem Tisch, einem Bildschirm und ein paar Mikrophonen und war so nüchtern und lieblos, dass es uns innerlich fröstelte. Auch äußerlich fröstelte uns, weil die Klimaanlage erbarmungslos kalte Luft in den Raum blies. Es entstand ein lustiges kleines Missverständnis, als wir über den an der Wand angebrachten Telefonhörer die Rezeption anriefen und fragten, ob es möglich sei, die Klimaanlage herunterzustellen. Die Bitte wurde auf eine seltsam brüske Art zurückgewiesen, und uns wurde klar, dass man uns falsch verstanden hatte. Offenbar hatte man geglaubt, wir wollten das Licht verdunkeln, um den Raum nicht nur zum Singen zu nutzen.

Nachdem wir ein paar herzerwärmende Balladen in die Mikrophone geschmachtet hatten, stiegen wir die vielen Stufen wieder hinab und fuhren mit der Denentoshi Line nach Sangenjaya. Als wir von der U-Bahn Arm in Arm nach Hause gingen, begann es zu schneien. Wir wünschten dem Gorilla frohe Weihnachten, der sich riesig über das Dach eines vierstöckigen Hauses beugte und seinen Arm nach unten hielt, wo über dem Bürgersteig ein Schulmädchen aus Plastik in seiner Hand saß. Er war uns in den ersten Tagen als Orientierung sehr hilfreich gewesen.

Arm in Arm gingen wir durch die tanzenden Schneeflocken und gelangten an den Eingang unseres Schreins. Das Gelände lag unter den schwarzen Bäumen im Dunkel.

Laternen erhellten den Weg und die Stufen hinauf zum Schrein.

Wir gingen unter dem steinernen Torii hindurch, wuschen uns am Brunnen mit dem eiskalten Wasser Hände und Mund, warfen Münzen in den Kasten, zogen die Glocke, klatschten in die Hände, verbeugten uns und standen lange in der Dunkelheit, während Schneeflocken um uns herum und auf unsere Haare schwebten. Wir waren heilfroh, dass wir nicht reich waren, sondern glücklich.

Wir beschlossen, die *maneki neko* in die kleine Nische neben unserer Wohnungstür zu setzen. Dort könnte sie die Geister gleich beim Eintreten dazu bewegen, uns wohlgesinnt zu sein. Linda nahm die Katze aus der Schachtel, wickelte sie aus dem Seidenpapier und setzte sie behutsam auf das kleine rote Kissen, das ich zusammen mit der Katze gekauft hatte. Als wir in unser kleines Wohnzimmer kamen, wartete dort Ghibli auf uns. Er lag auf einem Kissen und blinzelte uns entgegen.

Linda sagte: »Frohe Weihnachten, Ghibli!«

Und er antwortete mit einem Maunzen, das alles und nichts bedeuten konnte. Wir knipsten den kleinen elektrischen Weihnachtsbaum an, aßen den restlichen *kurisumasu keki* aus dem Kühlschrank auf (Ghibli bekam nur ein winziges Stück) und kuschelten uns zu dritt in unsere Futon-Betten, wo Linda und Ghibli bald einschliefen.

Ein paar Tage später folgte das für Japan viel wichtigere Fest: Neujahr. Wir feierten mit ein paar Kollegen von Linda Silvester und gingen noch vor dem Morgengrauen gemeinsam mit Tausenden von Japanern zum Meiji-Schrein. Die

U-Bahnen fuhren die ganze Nacht hindurch. Den so bedeutungsvollen ersten Sonnenaufgang des Jahres erlebten wir auf der Besucheretage des Carrot Tower: Rotgolden strahlte der Fuji in der Ferne auf und versprach uns ein gutes Jahr.

Als wir schließlich hundemüde nach Hause kamen, sahen wir die Bescherung sofort. Wir hatten erwartet, dass uns hinter der stählernen Eingangstür unsere Glückskatze mit pikiertem Lächeln erwartete. Aber sie stand nicht mehr auf ihrem kleinen Kissen in der Nische. Sie lag auf dem Fußboden und war in tausend Stücke zerbrochen.

»Ghibli!«, riefen wir beide zugleich. Und tatsächlich lag auf einem unserer zwei schönen Sabuton-Kissen der Kater, schaute nur kurz zu uns auf, als wir ihm vorwurfsvoll gegenüberstanden, und fuhr fort, sich ausgiebig den Bauch zu lecken. Es war das erste und das letzte Mal, dass er etwas in unserer Wohnung zerbrochen oder auch nur umgestoßen hat. Es schien eine Botschaft zu sein: Wenn einer Glück bringt, dann bin ich das.

Linda brachte es nicht übers Herz, die Scherben in den Müll zu werfen.

»Scherben bringen Glück«, sagte sie und fegte sie zusammen, wobei sie sorgfältig darauf achtete, nicht die kleinste zu vergessen. Wir füllten sie in einen hübschen kleinen Karton und verwahrten ihn in unserem großen Einbauschrank, der in diesem ersten Winter noch recht leer war und sich erst im Lauf unserer zwei japanischen Jahre mit Schätzen füllte.

Am nächsten Tag rief der Makler an. Er habe sich nach unserem Vormieter erkundigt. Es sei eine junge Frau, die nach Yokohama gezogen sei. Sie habe nie eine Katze besessen. Die Katze, die uns besuchen kommt, gehöre ihr nicht.

Nun besaßen wir also vier Katzen: zwei in der Ferne, eine in Scherben und eine, die uns erwartete, wenn wir nach Hause kamen. Doch eigentlich besaßen wir Ghibli nie wirklich. Er tauchte regelmäßig auf, um mit mir zu plaudern und sich von Linda streicheln zu lassen, er fraß gern das Futter, das wir ihm hinstellten, doch er kam und ging, wie er wollte. Oft ließ er sich tagelang nicht blicken. Als Hüter der Zeit dauerten die Dinge bei ihm auf eine eigene Weise.

Ob wir es Ghibli zu verdanken hatten oder den Scherben der *maneki neko*, ist schwer zu sagen. Vielleicht haben uns beide Glück gebracht. Denn auf den heißen Tokyoter Sommer folgte ein zweites Weihnachtsfest und im Sommer darauf heirateten wir mit einer Shintoistischen Zeremonie im uralten Kitaguchi-Hongu-Fuji-Sengen-Schrein mit seinen tausendjährigen heiligen Bäumen am Fuß des noch heiligeren Berges Fuji. Der Schrein mit seinem weit geschwungenen Holzdach ist der Göttin des Fuji geweiht, die auf den schönen Namen *Kirschblütenprinzessin* hört und uns ebenfalls Glück gebracht hat. Aber das ist eine andere Geschichte. Eine Sommergeschichte.

PETRA KLEINERT
Tom und Pina oder Späte Liebe

Tom ist genervt.

Es war so schön mollig warm im Auto. Jetzt wird er unsanft herausgezerrt. Und das rote Geschirr um seinen Leib drückt unangenehm.

Er schaut sich um. Eine Straße. Weihnachtlich geschmückt. Es ist kalt und regnerisch. Das muss wohl Berlin sein, von dem seine Menschen Ralf und Annika auf der langen Fahrt von Österreich hierher gesprochen haben.

Vor ihm ragt ein verschnörkelter sanierter Altbau in die Höhe. »Hotel« steht in Großbuchstaben über dem Eingang.

Eine gläserne Tür wird aufgestoßen. Er kann gerade noch den Kopf einziehen. Manchmal ist Annika wirklich *poatschert*, wie ihr österreichischer Ehemann sagen würde.

Aus dem Augenwinkel nimmt Tom einen Schatten wahr.

Eine kleine getigerte Katze huscht um die Ecke. Sie ist sehr mager und hat struppiges nasses Fell. Die Tabbykatze bleibt kurz stehen und mustert Tom aus riesigen grünen Augen.

Ein leichter Schauer fährt ihm über den Rücken. Noch nie hat er so schöne Augen gesehen. Und das will was heißen. Seine Augen sind schließlich auch nicht ohne. Gelbgrün, wie Mondkrater, aber das ist seinem Alter geschuldet.

Die Tigerkatze scharrt kurz suchend im Dreck der Straße und verschwindet im nächsten Hofeingang.

Tom, der auf Annikas Schulter sitzt, muss mächtig an sich halten, um das Würstchen, dass er auf der Fahrt zu sich genommen hat, nicht wieder von sich zu geben. Er fühlt sich wie auf einem schwankenden Schiff, als Annika die Treppe zum Foyer hochgeht. Sie könnte wirklich ein paar Pfund weniger auf den Hüften gebrauchen, dann wäre die Treppe nicht so beschwerlich für sie. Ralf ist bepackt wie ein Maulesel und schleppt sich hinter ihnen die Treppe hoch. Das ist echt viel Gepäck für nur drei Tage…

Als Ralf bei der Abfahrt dazu etwas sagen wollte, hat Annika ihm nur einen liebevollen Kuss gegeben und seine Einwände schmolzen mal wieder wie Butter in der Sonne.

Boah, die beiden können echt peinlich sein.

Die Hotellobby hat einen altmodischen Charme. Viel Plüsch, tiefe bequem aussehende Sessel, dicker Teppichboden und goldgerahmte Bilder.

Gäste bleiben stehen und tuscheln begeistert, als Tom mit seinen Menschen eintritt.

Auch die Rezeptionistin schaut ihn überrascht, aber freundlich an.

Habt ihr noch nie eine Katze gesehen? Im Hotel??

Und ja, Tom ist hübsch, und das weiß er auch.

Schwarz-weiß gezeichnet, fast als hätte er einen Frack angezogen, mit dichtem glänzenden Fell. Man sieht ihm sein Alter wirklich nicht an.

Und er hat eine kleine weiße Schwanzspitze. Die mag Annika besonders. Sie sieht aus wie einer dieser überteuerten

Make-up-Pinsel, die Annika sich nicht leisten kann. Außen dunkel mit einem flauschigen hellen Tupfen in der Mitte.

Zu gern würde Tom jetzt richtig fauchen, allein schon, um die Gaffer zu ärgern. Oder nach einer der funkelnden Weihnachtskugeln im Gesteck auf der Rezeption haschen und sie runterschubsen. Aber Annika, die ihn die ganze Zeit liebevoll streichelt, hat ihn mehrfach gebeten, sich zu benehmen und artig zu sein.

Artig sein! Wenn er das schon hört, er ist doch kein Kleinkind!

Endlich haben sie den Zimmerschlüssel. Durch einen schmalen Gang geht es zum Fahrstuhl. Was waren seine Menschen froh, als sie hörten, dass es den gibt.

Da! Halt! Moment!

Auf einem Tisch vor dem Fahrstuhl steht ein großer Reisigstrauch mit bunten Kugeln, daneben ein Teller mit Weihnachtsplätzchen, bestimmt hausgemacht … und Nougat.

Tom liebt Nougat. Eigentlich dürfen Katzen nichts Süßes und schon gar keine Schokolade fressen, aber er ist damit immerhin zwanzig Jahre alt geworden. Gesund!

Zu spät! Der Fahrstuhl geht mit einem Pling auf, und der Süßigkeitenteller entschwindet Toms sehnsüchtigen Blicken.

Als Annika die Zimmertür aufstößt, muss Tom schon wieder seinen Kopf in Sicherheit bringen. Sie lässt den Kater aufs Bett plumpsen und entfernt sein Geschirr. Tom schüttelt sich.

Wunderbar, so schön weich! Und wie das duftet. Geht doch nichts über ein frisch bezogenes Bett!

Das Hotelzimmer ist nur schwach beleuchtet. Draußen ist es bereits dunkel. Annika und Ralf sind zum Abendessen gegangen, Tom liegt gemütlich auf dem Fensterbrett und döst. Herrlich, diese Altbauten, wo die Heizung meist noch unter dem Fensterbrett ist, wie es sich für Katzen gehört.

Tom ist satt, sein sauberes Klo steht in der Ecke hinter der Tür und den Wassernapf wird er später auch noch finden.

Was war das für ein Scharren?

Träge äugt Tom aus dem Fenster. Im Hof stehen übervolle Mülltonnen und eine davon wackelt bedenklich.

Neugierig setzt er sich auf. Er hat einen super Blick von seinem zweiten Stock auf das Labyrinth der Höfe im Berliner Altbauviertel.

Plötzlich fällt die Mülltonne laut donnernd um. Ein grauer Schatten huscht davon.

Tom reckt sich, um genauer sehen zu können. Ist ja besser als Ralfs Actionfilme, die er so liebt.

Da! Da ist sie wieder. In einer dunklen Ecke kauert die kleine getigerte Katze mit den hübschen Augen. Sie frisst hastig, dabei schaut sie sich hektisch um. Ob sie Angst hat, dass jemand ihr die Beute aus der Tonne streitig machen will?

Tom kneift die Augen zusammen und versucht zu erkennen, was sie da frisst.

Das sieht nach irgendwelchem verdorbenen Küchenabfall aus.

Plötzlich hält die Katze inne und blickt hoch. Direkt in Toms Augen.

Er muss schlucken. Die Tabbykatze hat tief in seine Seele gesehen.

»Schau mal, was wir dir vom Abendessen mitgebracht haben … Rinderfilet!!«

Normalerweise wird, wenn es mal Rinderfilet gibt, ganz selbstverständlich geteilt. Also ein Drittel Tom, zwei Drittel der jeweilige Esser. Der Anteil kann aber auch zu seinen Gunsten variieren. Aber heute hat Tom irgendwie keinen Appetit.

Annika nimmt ihn vom Fensterbrett und fängt an, ihn auf dem Bett zu streicheln, während Ralf das Rinderfilet in den Napf gibt.

Annika ist sein Ein und Alles. Sie hat ihn als kleines Kätzchen gefunden. Ausgesetzt, frierend, halbverhungert in einem Hauseingang kauernd. Sie hat ihn mitgenommen, verwöhnt, mit Liebe überschüttet, und er war immer ihre Nummer eins. Aber seit sie Ralf gefunden hat, ist er nur noch Nummer zwei. Obwohl Ralf eigentlich auch ganz nett ist. Immer, wenn Tom um die Ecke kommt, lässt er alles stehen und liegen, um sich um ihn zu kümmern.

Es ist Nacht. Im Hotel und in den Straßen ist Ruhe eingekehrt, nur die Weihnachtsbeleuchtungen in den Fenstern funkeln.

Tom träumt. Eine blühende Wiese mit Schmetterlingen. Er rast über das Gras, zusammen mit der kleinen Tigerkatze aus dem Hof. Sie raufen sich neckend. Tom springt hoch.

Rumms! Tom landet unsanft auf dem Boden. Abgerutscht von Annikas Kissen, worauf er immer schläft, egal wo sie übernachten.

Boah, tut das weh. Wie blöd … im Schlaf abgerutscht. Ist ihm in letzter Zeit öfter passiert.

Tom überlegt, ob er sich bei Ralf Hilfe für seinen arthritischen Rücken holen soll. Ralf schläft zwar tief, aber Tom kann ihn immer wecken, Ralf hat damit kein Problem und ist nie böse. Und er hat magische Hände. Reiki, nennen das seine Menschen.

Oder er kuschelt sich wieder an Annika. Sie ist so schön warm und weich und sie riecht immer gut. Es stimmt schon, was gesagt wird: Dünne Frauen zerkratzen die Möbel …

Aber irgendwie ist Tom unruhig. Er tappt zum Napf und kaut lustlos am Rinderfilet.

Dann geht er zu seiner Katzentoilette, überlegt es sich aber anders. Er muss gar nicht. Aber er könnte ein bisschen Streu auf den Boden scharren, bloß so zum Spaß.

Ach nee, langweilig.

Lautlos schleicht Tom ums Bett, will aufs Fensterbrett springen. Aber er rutscht ab.

Mist! Hat er ganz vergessen, Annika hat ihm kurz vor der Reise noch die Krallen geschnitten, damit er ja nichts zerkratzt. Hotel und so.

Es gibt schließlich nicht viele Hotels, die Katzen nehmen, meint Ralf. Ja, stimmt, wie blöd. Und sie sind außerdem beruflich hier, Brot und *Wurscht* und Katzenfutter verdienen, wie Annika immer lachend sagt. Ist wichtig, das versteht sogar Tom.

Und er darf immer mitfahren, wenn seine Menschen

irgendwo hinmüssen. Das hat Ralf versprochen, als er zu Annika gezogen ist.

Ja, der Ralf ist schon in Ordnung, aber ein bisschen eifersüchtig ist Tom dennoch.

So, geschafft. Endlich! Und das ganz ohne die dämliche Reisetreppe, die vor dem Bett steht. Tom hat sich lange geweigert, sie zu benutzen, aber seine Arthrose ist wirklich nicht ohne. Tja, älter werden ist eben nix für Feiglinge.

Tom späht suchend in die Dunkelheit. Nichts zu sehen im Hof. Schade, keine Tigerkatze. Sicher schläft sie jetzt. Aber wo?

Tom spürt ein Ziehen in der Brust. Das spürt er schon seit einiger Zeit.

Sollte das Einsamkeit sein, oder gar Sehnsucht?

Er betrachtet seine aneinandergekuschelt schlafenden Menschen.

Wird er auf seine alten Tage etwa noch sentimental?

Am nächsten Vormittag bezieht Tom wieder seinen Platz auf dem Fensterbrett.

Hoffentlich rutscht er im Schlaf nicht hinunter! Dass Katzen immer auf alle vier Pfoten fallen, wie die Menschen behaupten, stimmt ja leider nicht.

Das Fensterbrett ist recht schmal. Zu Hause hat ihm Ralf ein breiteres Brett ans Fenster zum Garten gebaut, natürlich mit Heizung drunter. Annika hat ein Kissen bezogen und damit ist sein Altherrensitz, wie Ralf immer sagt, komplettiert.

Er muss eingedöst sein. Jedenfalls hat er wirr geträumt. Von riesigen Spinnen, die über ihn laufen und sich dann zu einem Weihnachtsbaum formieren und mit glitzerndem Nougat behängt sind.

Buh!!! Vor Schreck wäre Tom wirklich fast auf den Boden gefallen. Er reißt die Augen auf.

Draußen auf dem Fensterbrett sitzt die kleine Tabbykatze: »Stalkst du mich?«

Tom, normalerweise nicht auf den Mund gefallen, fängt an zu stottern:

»Nein … natürlich nicht … ich hab nur geguckt … also … ich … äh … ich bin der Tom … und wie heißt du?«

Die Katze antwortet nicht, sondern dreht sich um und klettert behände an der Dachrinne hinunter. Das beantwortet Toms ungestellte Frage, wie es die Kleine zu ihm in den zweiten Stock geschafft hat.

Wow, das hätte er in seinen besten Zeiten nicht geschafft.

Kurz bevor sie unten angekommen ist, dreht die Tigerkatze sich um. »Ich heiße Pina.«

Und schon ist sie wieder verschwunden.

Nicht mal in Ruhe aufs Klo gehen kann man.

Beinahe hätte er die Tür vor die Nase geknallt gekriegt, als Annika und Ralf von der Arbeit zurückkommen. Ausgerechnet jetzt. Auch Katzen haben schließlich ein Recht auf ihre Intimsphäre. Zur Strafe scharrt er viel Streu raus.

Er darf eh alles, die beiden schimpfen nie und machen brav jedes Desaster weg, das er angestellt hat.

Da nähert sich Annika mit seinem Geschirr, samt Leine.

Nein, ganz sicher nicht! Ich will jetzt nicht raus.

Er versucht, unter das Bett zu kriechen. Aber Annika

zieht ihn einfach wieder raus. Kein Teppich, an dem man sich festkrallen kann.

»Komm, Tom, das tut dir gut. Frische Luft schnappen!«

Ja, normalerweise schon, und zu Hause geht er auch recht gern in den Garten. Nicht mehr so häufig wie früher, leider. Aber dazu tun ihm die Knochen oft zu weh.

Er entscheidet das immer selbst, außerdem sind draußen höchstens null Grad, und es ist nass. Menschen vergessen, dass Katzen da barfuß rausmüssen.

Auf Ralfs Schulter geht es die Hintertreppe hinunter.

»Hinterhof ist besser, da erschrickt sich Tom nicht so vor den Autos«, meint Annika.

Da, die Tür zum Hof, hoffentlich ist sie zu … Dann hat das Abenteuer spätestens hier ein Ende.

Nur angelehnt! War ja klar. Das sind vielleicht Sicherheitsstandards hier.

Lustlos latscht Tom hinter Ralf her. Immer wieder bleibt er stehen, schnuppert mal hier und mal da.

Plötzlich ein ohrenbetäubendes Kreischen.

Auf der Mauer zum Nebenhof prügeln sich zwei Katzen.

Ein Knäuel aus Graugetigert und Rotbraun. Es sieht ziemlich bedrohlich aus.

»Pina!«, ruft Tom aufgeregt und will ihr zur Seite stürzen. Geht nicht, diese bekloppte Leine.

Pina hat sich aus dem Knäuel gelöst. Der größere rotbraune Kater nutzt die Chance, um zu verschwinden. Der Tabbykatze stehen alle Haare zu Berge, und sie faucht noch einmal so laut, wie man es der grazilen Kleinen gar nicht zugetraut hätte. Als sie Tom entdeckt, faucht sie noch mal, aber ganz leise. Dann springt sie mit einem eleganten Satz von der Mauer aufs Nachbargrundstück.

Tom hat Gänsehaut. Mit der möchte er sich nicht anlegen. Die Mädchen kämpfen wirklich bis aufs Blut.

Als Tom am nächsten Morgen aus dem Fenster schaut, traut er seinen Augen nicht: Es schneit. Wie gern würde er jetzt mit der Pfote nach den Schneekristallen haschen. Blöde Fensterscheibe!

Auch seine Menschen sind ganz aufgeregt. Juhu, Schnee! Sie tanzen wie Kinder durchs Zimmer. Dann ziehen sie ihre Jacken an, Tom bekommt zwei schmatzende Küsse auf die Stirn, wo Katzen laut Ralf am besten duften.

Und schon sind die beiden weg.

Tom macht es sich auf dem Bett bequem, eigentlich ist Schlafenszeit, aber er ist unruhig.

Wo ist die kleine Pina? Geht es ihr gut?

Es ist sehr kalt draußen, und der Schnee bleibt liegen. Damals, als er dem Tod schon so nah war und Annika ihn fand, war es auch kurz vor Weihnachten gewesen. Zwanzig Jahre ist das nun her.

Er springt vorsichtig aufs Fensterbrett und hält Ausschau nach Pina.

Er hat ein schlechtes Gewissen. Immerhin ist er vollgefressen und er hätte genug Futter für seine neue Bekannte …

Da kommt sie. Aufgeregt versucht Tom, sich bemerkbar zu machen.

Doch die Tabbykatze schleicht mit hängendem Schwanz über den Hof, ohne ihn wahrzunehmen.

Tom hat eine Idee.

Hat Ralf nicht heute Morgen vergessen, das Fenster wieder zu schließen? Es war über Nacht gekippt, weil Annika immer zu heiß ist, sie hat Klimakterium. Deswegen ist sie nachts auch immer so schön warm.

Tom flitzt zum Schreibtisch und angelt nach einer Tüte Katzenfutter. Als er sie endlich auf den Boden gezogen hat, packt er sie mit den Zähnen und schleppt sie zum Fenster. Jetzt wäre die Treppe gut, aber die steht blöderweise am Bett. Egal, er schafft das.

Er quält sich aufs Fensterbrett und muss kurz verschnaufen. Er müsste sich mehr bewegen, schon wegen seines Alters. Er nimmt sich fest vor, zu Hause öfter in den Garten zu gehen.

So, jetzt noch die Tüte durch den Spalt des Kippfensters gefriemelt – und ab die Post.

Die Tüte segelt hinunter und bleibt ... o Schreck, auf der Überdachung der Hoftür liegen.

Mist, gottverdammter!!

Pina ist derweil weitergeschlichen, sie hat von Toms Rettungsaktion nichts mitbekommen.

Ihre Pfoten hinterlassen ein asynchrones Muster im Schnee.

Tom kneift die Augen zusammen. Humpelt sie etwa? Ja, sie humpelt. Sie hat sich wahrscheinlich bei dem Kampf gestern verletzt.

O Gott, was soll er nur tun?

Tom kratzt am Fenster.

Die kleine Katze schaut müde nach oben. Nach einer gefühlten Ewigkeit wendet sie den Blick ab, schleicht weiter und bleibt dann einfach sitzen.

Tom überlegt fieberhaft.

Einige Stunden sind vergangen, es ist Abend geworden. Es schneit heftiger.

Noch immer sitzt Pina reglos im Schnee, dicke Flocken liegen auf ihr.

Tom dreht fast durch!

Nicht aufgeben, bitte, ich bin da, ich helfe dir!!!

Aber wie??

Endlich. Toms Menschen kommen von ihrem Termin zurück. Sie sind guter Laune und bringen den Geruch von Schnee, Kälte, Glühwein und Plätzchen mit ins Zimmer.

Tom maunzt aufgeregt und versucht, Annika und Ralf auf das Drama im Hof aufmerksam zu machen, doch die beiden missverstehen ihn. Tom hat sicher Hunger.

Nein, ich habe keinen Hunger, da draußen ist eine kleine Katze, die braucht euch, sonst erfriert sie! Sie ist verletzt!

Außer sich schlägt Tom mit den Pfoten ans Fenster.

Annika macht eine Dose auf.

Versteht ihr denn nicht!!!!!

Da unten liegt Pina im Schnee, völlig regungslos. Hoffentlich lebt sie noch.

Tom fasst einen Entschluss.

Er springt vom Fensterbrett und nimmt Anlauf Richtung Tür.

Das hat er schon oft gesehen, wenn Ralf witzige Katzenvideos im Internet guckt.

Er hat nur einen Versuch, und wenn es nicht klappt, wird es verdammt weh tun. Egal!

Tom springt. Es kommt ihm vor, als liefe alles in Zeitlupe ab.

Er trifft die Klinke perfekt mit den Vorderpfoten. Die Tür springt auf, und Tom rennt hinaus auf den Hotelflur.

Yeah!! Wer hätte das gedacht. In seinem Alter.

Adrenalin pumpt durch Toms Adern. Er rennt in atemberaubender Geschwindigkeit den Gang entlang. Er stoppt nur kurz, um sich zu orientieren. Da sind die Treppen zum Hof.

Runter! Schnell!

Er hört Annika und Rolf rufen: »TOM!!! O nein!!«

O doch!!!

Tom flitzt die Treppe hinunter. Da ist auch schon die rettende Tür zum Hof.

Bitte, bitte lass sie nur angelehnt sein, noch so eine Aktion wie eben schaffe ich nicht.

Ach, was für ein Glück! Sie ist einen Spalt breit auf. Ein Hoch auf die Schlampigkeit des Hotels.

Tom hastet hinaus.

Da … da hinten, da ist sie. Bitte, bitte, lieber Gott, lass sie am Leben sein!

Tom rennt zu dem Schneehaufen und beginnt ihn hektisch zu putzen. Er ringelt sich um die leblose Katze, um sie zu wärmen.

»Hallo, hallo, bitte, Pina, ich bin da, bitte noch nicht sterben!!«

Und plötzlich öffnet die kleine Katze langsam die Augen. Tom könnte heulen vor Erleichterung!!

»Ich bin's, der Tom vom zweiten Stock. Ich helfe dir!!«

Die kleine Katze bewegt sich und schaut Tom ganz tief in die Augen.

»Danke«, flüstert sie und legt kraftlos ihr getigertes Köpfchen an Toms schwarze Schulter.

Tom könnte schreien vor Glück!

Die Tür zum Hof springt auf.

Ralf kommt hektisch angerannt. Gefolgt von einer atemlosen Annika. Sie hat es mit den Knien und kann nicht mehr so schnell, das alte Mädchen. Die beiden erfassen sofort die Situation.

Ralf zieht seinen Pullover aus und kuschelt Pina in die dicke Wolle. Er blickt zu Annika: »Tierarzt?«

Annika hat schon das Handy gezückt.

Tom könnte die beiden küssen, was ist er stolz auf seine Menschen!!

Sein Herz zieht sich vor Liebe zu den beiden schmerzhaft zusammen.

Annika nimmt Tom auf den Arm.

Gott sei Dank, es ist wirklich kalt an den Pfoten.

Epilog

Ein kleines Häuschen in verschneiter Winterlandschaft. Ein festlich geschmückter Weihnachtsbaum funkelt im Garten.

Ein Auto mit österreichischem Kennzeichen hält in der Einfahrt.

Die Kofferklappe geht auf.

Zwei Katzen stürmen hinaus.

Eine zierliche getigerte, ihre Pfote ist dick verbunden. Aber sie tut nicht mehr weh, eine kleine Verstauchung, was soll's.

Und die Drogen beim Tierarzt waren auch nicht schlecht.

Sie hält kurz inne. »Boah, ist mir schlecht.«

Die andere, ein schon in die Jahre gekommener Kater, winkt ab. »Ja, die Fahrerei, ich weiß. Aber alles kann man nicht haben.«

Pina lächelt und sieht noch entzückender aus als sonst. Sie hat ein perfektes M über den Augen. Haben alle Tabbykatzen, weiß Tom jetzt. Er hat wirklich Schmetterlinge im Bauch.

Mann, hat es ihn erwischt auf seine alten Tage.

Pina kratzt sich mit der Pfote am Nacken.

Tom lacht. »Gewöhnst du dich dran, an den Chip. Jetzt gehörst du zu meiner Familie.«

Unserer Familie, denkt Pina glücklich. Sie kann es kaum fassen. Ein Weihnachtswunder.

Jauchzend rennt sie weg und dreht sich dann um: »Na, alter Mann, außer Atem?«

Ein Weihnachtswunder, denkt jetzt auch Tom und rennt Pina kraftvoll hinterher.

GABRIELA JASKULLA
Der Birkenfreund

Als sie die Elbe bei Sandau überquerten, hatten sie noch keine Ahnung von den Birken. Sie nahmen die schlanken, hohen Bäume als Wegmarken wahr, als gestrichelte Zeichen, die das Grün der weit schwingenden Wiesen mit dem unwirklichen Blaustrahlen des Junihimmels verbanden wie eine nur lässig gezogene Naht, als habe ein abgelenkter Schneider nur hastig das Obere mit dem Unteren verbinden wollen. Und neben den eleganten Birkennähten knäuelten sich niedrigere, kugelige Kiefern, ein paar Wacholderbüsche dazu.

Eine hingeworfene Landschaft, leichthin ausgebreitet, die zum Blickeschweifen einlud, zum Schweigen. Das merkten sie dann auch in den kommenden Monaten, in dem Dorf bei Rheinsberg, das sie als Bleibe gewählt hatten. Die Nachbarn nahmen sie wahr, aber noch lange nicht an. Sie äugten und warteten, ohne Urteil, ohne Freundlichkeit. Sie halfen mit Werkzeug, aber sie grüßten nicht. Sie nahmen im nächsten Sommer mit stummem Nicken die ersten selbstgemachten Marmeladen an und hielten im Herbst gehäutete Kaninchen als späten Dank über den Zaun. Reineclauden gegen Beelitzer Kaninchen, ein großzügiger Tausch, wie Robert anerkennend meinte.

Haben wir es hier nicht gut getroffen?

Jahrzehntelang war man hier aufeinander angewiesen, auf Verschwiegenheit, aufs Organisierenkönnen, ich hab etwas, das du nicht hast. Man teilte. Man neidete einander nichts. Man redete nur über das Wetter oder die Krankheit, die die Bienen neuerdings heimsuchte: So was Vertracktes.

Tagsüber verließen Enna und Robert das Dorf – Robert, um im Gymnasium des Städtchens zu unterrichten, Enna, um im stillen, grausteinernen Schloss auf Bewunderer des Preußischen zu hoffen – und vergaßen es auch beinahe, so umtriebig, so geschäftig gab sich die Stadt am Grienericksee. Abends aber, wenn sie sich auf dem Parkplatz vor dem Schloss getroffen hatten, um gemeinsam nach Hause zu fahren, und sie die ersten, schnellen Sätze hin- und hergespielt hatten – wie war's bei dir? Was war heute los? –, abends, wenn sie über die schmaler werdenden Straßen auf das Dorf zurollten, wurden sie schnell ruhiger, ließen die Sätze am Ende ausklingen, führten sie faul nicht zu Ende, tauchten ein in die Dämmerung. Ihre Straße erkannten sie an den schiefen, in unregelmäßiger Reihe stehenden Laternen, den offenen Torsegeln des Großbauern und schließlich an der Birke, ihrer Birke, die das Grundstück an einer Ecke begrenzte. Die Birke war eine gewöhnliche Sandbirke, hochgewachsen, oben ein wenig licht, dafür war ihr horniger Stamm umso imposanter: Dicke, schwärzliche Rindenbrocken wechselten sich ab mit weißen, feinen Partien, am Fuß der Birke war es, als hätten sich Finger einer riesenhaften Hand in den kargen, trockenen Boden gebohrt, und ein Teil des Stamms war über die Jahrzehnte mit der improvisierten Garage unauflöslich verwachsen. Es war ihnen gleichgültig, in diesen winzigen, nur von Dachpappe gegen Regen und Wind geschützten Unterstand passte kein Westauto, sie nutzten den Raum lediglich, um Dinge zu lagern, Fahrräder, das Holz für den alten Ofen, mit dem sie im Winter heizen würden. Sollte die Garage doch die Birke stützen – oder umgekehrt. So war das, wenn man alt wurde, sagten sie einander lachend und schauten sich vielsagend an.

Robert war einmal ein vielversprechender Rockmusiker gewesen, Lena die Einzige aus ihrem Studiengang, die mittelalterliche Kunstgeschichte zu Ende studiert hatte. Hatten. Waren. Ihre erwachsenen Kinder fanden sie in letzter Zeit ein wenig seltsam.

Ihr werdet doch jetzt nicht resignieren?

Resignieren! So fragten nur Kinder mit Abitur.

Sie hielten vor dem Haus, verließen das Auto, und sofort tauchte der schwarze Kater aus dem Dunkel des Gartens auf und forderte lautstark die Abendmahlzeit ein. Der Kater war ein Findelkind aus dem südlichen Spanien, den sie wider besseres Wissen mitgenommen hatten und der nun Mühe hatte, sich einzugewöhnen. Immerhin: Mittlerweile wartete er auf sie. Und sie wussten, wo Miguel auf sie wartete: Er pflegte auf einem der unteren, kräftigen Äste der Birke auf der Lauer zu liegen, sein silbergraues Fell war tagsüber von der Birkenhaut kaum zu unterscheiden, und abends verschmolzen Baum und Kater endgültig. Vermutlich schlief der Kater bisweilen sogar auf dem Baum. Er hatte die Birke zunächst aus Furcht erklommen, kaum hatten sie das Jungtier nach dem Umzug aus seiner Transportkiste befreit, um ihm vorsichtig das neue Zuhause zu zeigen – schon war der Kater ausgerissen, panisch durch den geöffneten Türspalt geschlüpft und nach draußen entkommen, aber Gottlob nicht über die Straße, sondern vorher abbiegend, zur Birke hin, war mit ein paar Sätzen am Stamm hinauf – und verschwunden. Sie hatten gerufen und gelockt, sie hatten Futter bereitgestellt und Wasser und sich, zumindest erschien es ihnen so, auf diese Weise gründlich vor den Nachbarn blamiert, ohne dem furchtsamen Kater im mindesten Vertrauen einzuflößen. Das Tier kam dann doch herunter, gerade, als sie aufgegeben hatten, aber den Birkenbaum hatte es sich gemerkt, der blieb seine Zuflucht vor den Zumutungen der Menschen und den Nachstellungen der Dorfkatzen. Die hatten den fremden Kater sofort identifiziert und machten ihm das Leben möglichst zur Hölle. Sie stellten ihm nach und verfolgten ihn, und noch die fetteste alte Hofkatze zischte feindselig, wenn sich Miguel doch einmal über die Straße zu den anderen Höfen traute. Nichts zu machen.

Aber die Birke! Die Birke verteidigte Miguel schon erfolgreich. Die Holztauben, die die Birke vorher heimgesucht hatten, die Meisen und Stare, überlegten eine Weile, dann suchten sie sich andere Nistplätze, und auch die imposanten schwarz-grauen Nebelkrähen, die im September mit ihren gut organisierten Clans in den Garten einfielen, suchten rasch wieder das Weite. Der Kater war zufrieden. Er hatte die Feinde vertrieben und den Baum nun fast für sich allein – wenn man von den krabbelnden und kriechenden Insekten absah, die aber nicht weiter störten, sondern, im Gegenteil, einen gelegentlich willkommenen Eiweiß-Snack boten. Miguel liebte den Insektenfraß. Und Sardinen aus der Dose. Mitunter schleppte er ein fetttriefendes Stück, das er sich aus der dargebotenen Konserve geangelt hatte, mit durchgedrücktem Rücken aus dem Wohnzimmer nach draußen, schleppte es um das Haus herum und ließ den schmalen trockenen Fischschwanz im Staub schleifen. Er tat sich schwer, aber sein Ziel war klar: Er brachte das Sardinenstück exakt bis zum Fuß der Birke. Und dort, nur dort, zwischen zwei Fingern des Stammes, die sich hier in die Erde verzweigten, verputzte er andächtig seine Beute, langsam und, wie es schien, genießerisch. Miguel tafelte am liebsten am Fuß der Sandbirke.

An der nun immer fester werdenden Birkenzuneigung des Katers änderten auch die Misteln nichts, diese pflanzliche Plage der Sand- und Moorbirken, deren Tücke sich im nächsten Frühjahr offenbarte. Es regnete, es regnete tagelang, wochenlang, es verregnete den Kindern die Osterferien und den Bauern die Saat – und die Misteln, die an der Birke hingen wie seltsame Trauben, füllten sich mit Wasser, sogen sich voll, blähten sich auf. Als der Mai kam und mit dem Mai die Sonne, leuchteten die Misteln in einem warmen Gelbton, und Enna und Robert fanden das herrlich und wiesen mit den Fingern darauf und erinnerten sich an Bräuche, denen zufolge man sich zu küssen hatte unter den Mistelzweigen im Winter.

Sie zwinkerten einander zu.

Weißt du noch?

Dann jedoch kam der Juni, und mit dem Juni kamen die ersten Gewitter, die Birke wogte im plötzlich aufkommenden Wind, und eines Sonntagnachmittags, als Robert sich gerade über die Aufsatzkorrekturen seiner Achtklässler beugte und Enna den alten Ofen schrubbte, hörte sie ein lautes Miauen, einen Katzenschrei aus dem Garten. Als sie alarmiert nach draußen rannten, sahen sie den kleinen Kater verdutzt an der Birke kauern. Er war patschnass, und neben ihm lag ein imposantes Mistelbouquet. Der Ast war abgebrochen, weil sich die Mistelbeeren so mit Wasser vollgesogen hatten, dass der Baum ihr Gewicht nicht mehr tragen konnte. Da begannen Enna und Robert zu begreifen, dass die Misteln ein Problem werden konnten und die vermeintlich unbeugsame Birke gefährdet war.

Die Misteln sind Mist, sagte der Nachbar unumwunden. – Nur Blöde finden die romantisch.

Enna und Robert schauten sich an.

Je mehr Misteln in einer Birke hängen, umso instabiler wird sie, fuhr der Nachbar fort. – Wenn ihr eine Birke voll mit diesen Dingern seht, wisst ihr, dass sie bald hinüber ist. Nur schwache Birken ziehen Misteln an.

Sie betrachteten die Birke nun mit anderen Augen. Wie einen Patienten, um dessen Gesundung man sich Sorgen macht. Und auch der Kater war ein paar Tage vorsichtiger, es konnte ja sein, dass ihn seine Baumfreundin wieder mit dem verhassten Wasser bewerfen würde. Aber seine Skepsis hielt nicht lange. Zu schön war es, auf den höchsten Baum weit und breit zu klettern, hoch, immer höher, bis dahin, wo die ranken Äste exakt den Umfang hatten, der für seine Pfoten der bequemste war. Dann konnte man sich in eine Astgabel klemmen und auf den Menschengarten schauen, aber, wichtiger noch, auf das Feld mit dem Salat nebenan, wo eine sachte Bewegung auf dem Boden, ein leises Kribbeln und Krabbeln verriet, dass hier Mäuse unterwegs waren, viele Mäuse, vor allem jetzt, im frühen Sommer, wenn es am Morgen kräftig regnete. Sobald nämlich der Regen aufhörte und sich die Sonne zeigte, wurden die Mäuse aus ihren Löchern gelockt und trieben sich herum. Das war ihr Verderben! Sachte, sachte kletterte der kleine Kater vom Baum, den Kopf voran, die Hinterpfoten fest in den Stamm gehakt, um endlich, wenn er auf dem Boden angekommen war, geduckt und lang und flach mit unendlich behutsamen Katzenschritten zum Feldrain zu gelangen. Dort drückte er sich in die seichten Furchen, streckte sich womöglich noch länger, zog sich dann, in einem ganz bestimmten Augenblick, zusammen, wurde zu einer Feder, einer graugespannten, sich wölbenden Feder – und schoss los, jagte, sprang mit wenigen, gezielten Sätzen auf die ahnungslose, halb blinde Maus. Und hatte sie. Manchmal. Manchmal auch nicht. Dann trottete er, sichtbar enttäuscht, mit hängendem Schwanz zurück in den Garten, als befürchtete er Mäusegelächter hinter sich, trottete zurück zur Birke, schien dort einen Augenblick zu zögern und setzte sich schließlich auf die Hinterpfoten, direkt neben dem Stamm, und begann, sich umständlich zu putzen, wie eine Frau, die in ihrer Handtasche kramt, um ein vorheriges Versagen zu überspielen. Manchmal schaute der Kater in seinen Putzpausen dann an der Birke empor, als wollte er sagen: Du behältst das aber für dich, oder?!?

Die Birke sagte natürlich nichts, sondern wiegte sich nur im Wind, der wieder sanfter geworden war.

Ein gleißender August folgte auf einen trockenen Juli. Die Bauern fuhren die Ernte ein und zogen gewaltige Staubwolken hinter ihren Mähdreschern und Traktoren her. Sie wischten sich die schweißnassen Stirnen. Sie klagten über diese Wüste, die die brandenburgische Landschaft schon immer gewesen war, die aber nun, seit ein paar Jahren immer unwirtlicher wurde, immer unbarmherziger, immer heißer und härter.

Was soll das nur werden?

In den Nächten prügelten sich die Dorfkater, man hörte ihr Schreien. Miguel zog sich hoch in die Birke zurück. Wenn Robert, schlaflos, vor dem Haus auf und ab ging, eine Zigarette in der Hand und nach oben blickte, konnte er manchmal die grünen Augen des Katers im Dunkel erkennen.

Wie geht's dir, *amigo*?

Und er stellte sich vor, dass Miguel die Glut seiner Zigarette vielleicht ebenso als Gruß wahrnehmen würde.

Die Blätter der Birke wurden trocken und begannen, sich an den Rändern einzurollen. Die Nadeln der Kiefer verfärbten sich vom Staub, der in der Luft lag. Alles wurde ocker und grau und weißlich und raschelte und zog sich ein.

Enna und Robert hängten abends feuchte Laken in die geöffneten Fenster. Das gab ein wenig Kühlung, die manchmal reichte, um einzuschlafen. Die Nächte waren kurz, die Tage endlos und brütend. Sollten sie die Birke wässern, so wie sie die wenigen Beete im Garten gossen?

Die Nachbarn winkten ab: Verschwendung. Und bringt eh nichts. Und: Die muss das allein schaffen.

Der Kater spielte mit den Blättern, die vorzeitig vom Baum fielen, viel zu früh in diesem Jahr. Die Blätter trudelten über den Boden, der Kater wusste gar nicht, welches er zuerst jagen sollte, und sprang hierhin und dorthin. Zum Ausruhen legte er sich zwischendurch auf den kühlen Küchenfußboden und hechelte, aber lange hielt es ihn hier nicht, er stand wieder auf, streckte sich, dehnte sich, um dann, immer schnelleren Schrittes, zu dem federleichten Spielzeug zurückzukehren, das ihm seine Freundin so freizügig spendierte. Ende September war die Birke nahezu kahl, und Robert begann, ein schwieriges Stück für die Weihnachtsfeier in der Schule zu üben, *The Who, My Generation*, unterm Weihnachtsbaum, er fand das lustig. Die Kinder, wenn sie sie denn mal besuchten, verdrehten die Augen.

Robert, schau mal!

Enna fasste ihn beim Arm und bedeutete ihm mitzukommen. Robert setzte unwillig die Gitarre ab und folgte ihr nach draußen. Er kratzte sich am Kopf, als er nach oben blickte.

Das sieht nicht gut aus! Das sieht gar nicht gut aus.

Sie brachten den Advent hinter sich, Weihnachten an der Schule mit *The Who*, an Silvester feierte das Dorf gemeinsam in den Straßen, das war noch einmal eine Gelegenheit für Roberts Gitarrenriffs, und dann gab es Zwischenzeugnisse für Roberts Schüler. Das Museum im grauen Schloss ging in die Winterferien, und wie jeden Winter bangten die Angestellten, ob es je wieder ein »nach den Ferien« geben würde, die Finanzierung des mächtigen Baus war stets ungesichert, jedes Jahr aufs Neue wurde um die Geschichte gestritten und gerungen. Allmählich kannten sie sich hier aus.

Nein, Kinder, wir ziehen gewiss nicht nach Berlin. Und außerdem: Wie sollten wir das Miguel erklären?

Im nächsten März wurde das Desaster der Birke offensichtlich, als der Baum kaum ausschlug, sich nur wenige Blüten zeigten, und die Blätter, die sich allmählich öffneten, klein und schrumpelig blieben, als trauten sie dem Frühlingsfrieden nicht. Dafür wogen die Misteln umso schwerer, immer mehr Misteldodeln pumpten sich mit Regenwasser auf, hingen schwer und bedrohlich an den schlanken Ästen. Erste Zweige brachen ab, dann ein schmucker Ast, der die Birke bisher auf etwa zwei Dritteln ihrer Gesamthöhe zu einem schrägen *Peace*-Zeichen geteilt hatte, wie Robert bedauernd feststellte. Ein Baumgutachter wurde aus Rheinsberg geholt, wog den grün behelmten Kopf, maß und rechnete und kam zu einem klaren Ergebnis. Er tippte mit dem Zeigefinger auf sein Klemmbrett: Im Spätsommer, würde es so weit sein. Die Birke würde gefällt.

Damit war das Urteil gesprochen. Robert und Enna sahen sich beklommen an. Sie unterschrieben den Auftrag wie Zeugen eines Gerichts, nickten dem Gutachter zu und gingen stumm ins Haus.

Wie sollen wir das dem Kater beibringen?, fragte Enna.

Keine Ahnung.

Lena rührte in ihrer Kaffeetasse, den Blick gesenkt.

Ich war schon immer gegen die Todesstrafe, sagte Robert, lachte aber nicht einmal selbst über den Witz.

Der Frühling ging vorüber, der Sommer hielt Einzug. Wie auf eine geheime Verabredung machten Lena und Robert in diesem Jahr keine Reise, sie gingen im Juli nur ein paar Mal unlustig paddeln, kämpften auf dem Rheinsberger Rhin mit der Strömung, über Zechow und Altfriesack bis nach Kremmen, trugen die Kajaks über Schleusen, setzten aus und setzten ein, verbissener als sonst, wurden braungebrannt von der Sonne, aber nicht fröhlich. Die Kinder schickten Nachrichten aus erholsamen Irgendwos.

Der August kam, die Schule begann erneut, Robert hatte eine neue Klasse zu betreuen und lernte Schülernamen auswendig. Lena empfing die späten Touristen aus Süddeutschland im grauen Schloss. Nachmittags fegten sie die Einfahrt: Aus der Krone der Birke segelten in diesem Jahr mehr Nüsschen als sonst, platzten auf, sonderten Flüssigkeit ab. Der Kater schnupperte, verzog die Nase, haschte aber bald wieder nach den kleinen Kugeln und miaute ärgerlich: Wie das klebte! Trotzdem tobte er den ganzen Tag um die Birke herum, hier hatte er immer etwas zu entdecken, zu bekämpfen, zu haschen und zu jagen. Er wurde mutiger, er begann jetzt, das Revier zu verteidigen, und manchmal jagte er nach den Schnürsenkeln des Paketboten, wenn der vor der vermeintlichen Garage kurz innehielt, um ein Paket abzusetzen.

Und dann kam der September. Und mit dem September kamen die Baumfäller, zwei keineswegs vierschrötige, sondern schmale und umsichtige junge Männer, die sachlich und besonnen zu Werke gingen. Sie luden ihr Werkzeug vom Pritschenwagen ab, sie bauten sich in der Einfahrt auf, und der Kater, der sie eben noch neugierig beobachtet hatte, sich angeschlichen hatte, um zu sehen, ob man es hier womöglich mit Hosenbeinen zu tun hatte, in die man kurz zum Spaß seine Krallen schlagen konnte, verschwand mit großen Sätzen ins Haus und blieb auch in den nächsten Stunden verschwunden. Zunächst nahmen die Männer die Äste der Birke ab, einen nach dem anderen, bis nur noch der Stamm übrigblieb, ein riesiger, weiß-grauer Pfahl, der in den immer noch blauen Himmel ragte. Am Nachmittag kam die Kettensäge zum Einsatz. Es wurde laut, es kreischte, es polterte. Sie trugen den Stamm ab, Stück für Stück. Robert hatte sich in seinem Arbeitszimmer oben die Kopfhörer aufgesetzt, was er hörte, war nicht klar, aber Lena hörte, wenn sie an ihm vorbeiging, die Gitarren scheppern.

Ein paar Tage später kamen zwei Helfer, die spalteten die mächtigen Baumstücke in handlichere Scheite. So würde die Birke wenigstens noch zum Heizen dienen, im übernächsten Winter oder in dem danach. Sie schichteten, sie stapelten, sie kauften eine große Plane, um den Birkenschatz abzudecken, und so erinnerte nach ein paar Wochen nur noch der Haufen Sägespäne an das, was einmal der Schmuck des Gartens gewesen war.

Der Kater tauchte wieder auf, kaum dass die Arbeiter verschwunden waren, und schaute sich verwirrt um. Er miaute, als könnte er das Verlorene zurückholen, er rief und rief. Immer wieder ging er zu der Stelle, wo einmal die Birke gestanden hatte, er schnupperte und schnupperte, er drehte sich im Kreis, er schaute nach oben, als sei die Birke dahin verschwunden, in den sich nun grau verdunkelnden Himmel des Herbstes. Tagelang ging das so, wochenlang klagte der Kater, dann gab er endlich auf.

Er traf sich nun manchmal mit den anderen Katern im Dorf, aber schnell verlor er das Interesse an ihnen, mitten im Spiel hielt er manchmal inne, ließ zu, dass die anderen über ihn kugelten, nach ihm schlugen, er gab einfach auf. Dann trottete er nach Hause, allein, und fauchte jede Katze an, die unterwegs seinen Weg kreuzte.

Er bleibt eben doch ein kleiner Fremder, sagte Enna kummervoll, als sie das Katzenspektakel einmal beobachtete.

Ach was, sagte Robert. – Er hat einfach nur schnell genug von dem Wirbel. Er ist ein Ruhiger, nicht wahr, mein *amigo*?

Und Miguel, zustimmend, wie es schien, ließ sich das graustaubige Fell bürsten, verzog sich aber bald wieder nach draußen, unter eine Hecke.

Das nächste Frühjahr brachte Licht und Regen, der Sommer die schon vertraute, sandgleißende Hitze, und dann, im Herbst, schleppte Robert in einer Kiste zum ersten Mal das Birkenholz ins Wohnzimmer. Er tat so, als wäre es nichts Besonderes, mit diesem Holz zu heizen, er sagte nichts, aber Lena auf ihrem Sofa erstarrte, als er mit der schweren Last hereinkam. Noch warteten sie. Noch hatten sie anderes Holz, das direkt beim Ofen gelagert hatte, um noch besser zu trocknen. Sie holten erst einmal die Strohsterne aus dem Keller, die alte Weihnachtspyramide aus dem Erzgebirge, die Girlanden aus Sternen und Kugeln, mit denen Lenas Familie seit je das Haus geschmückt hatte.

Als sie später über den vorweihnachtlichen Markt am grauen Schloss bummelten und die Stände mit den gebündelten Misteln entdeckten, die hier, mit rotem Band umwunden, zum Kauf angeboten wurden, schauten sie sich schuldbewusst an. Misteln! Sie kauften aber doch ein Bündel, ein besonders großes sogar. Robert hängte es auf, im Durchgang zwischen Flur und Wohnzimmer, doch der Kuss, den sie sich dann gaben, war hastig, eher pflichtschuldig, und als der Kater um ihre Beine strich, zuckten sie zusammen wie zwei Verbrecher, die man auf frischer Tat ertappt hatte.

Es hilft aber doch nichts, sagte Robert.

Genau, sagte Enna.

Sie saßen auf dem Sofa, suchten gemeinsam im Internet Rezepte für ein gediegenes Essen, und Enna kraulte gedankenverloren den Kater, der neben ihr lag.

Es ist doch eigentlich alles in Ordnung, nicht wahr?!? Schau ihn dir nur an, den Kleinen! Alles okay, stimmt's, *amigo*?

Der Kater zuckte mit den Ohren, zum Zeichen, dass er verstanden hätte.

Was hältst du von Auberginen als Auflauf? Statt Klößen?

Robert tippte auf ein Rezept, das er entdeckt hatte.

Mhm. Ja.

Als ob das wichtig gewesen wäre.

Sie kochten Apfelpunsch, und sie brieten einen Braten – und endlich kam das Holz der Birke doch zum Einsatz, am ersten Weihnachtstag, sie wussten selbst nicht, warum sie es so feierlich hielten. Draußen regnete es, der berüchtigte Brandenburger Weihnachtsregen, der keinen Anfang und kein Ende kannte. Es blieb den ganzen Tag dämmerdunkel, es war sehr still.

Aber dann, als das Holz der Birke im Ofen zu knacksen und zu knacken begann, Feuer fing, kurz aufloderte, um allmählich eine gute, sanft rot leuchtende Glut zu bilden, wurde ihnen seltsamerweise leichter ums Herz. Vielleicht lag es am Punsch, in den sie einige Löffel Calvados gegeben hatten, vielleicht an dem kräftig duftenden Gewürzkuchen, den ihnen die Nachbarn überraschend vor die Tür gelegt hatten – vielleicht lag es auch an Miguel.

Der kleine Kater erhob sich von seinem Ruheplatz zu Lenas Füßen, streckte sich, miaute, dehnte sich und ging mit langsamen, noch schlafsteifen Schritten zum Ofen. Er schnupperte in der Luft, tapste näher, entfernte sich, nahm anscheinend Maß und zögerte. Wie ein Stabhochsprung-Athlet, der sicher sein will, dass die Menge auch jeder seiner Regungen folgt. Noch ein paar Schritte vor, ein wenig zur Seite – und dann sprang er mit einem einzigen kraftvollen Satz auf den Ofen.

Bravo!

Lena und Robert beobachteten ihn. Der Kater war aufgeregt, er war unruhig, aber nach ein paar Minuten des Witterns und Trappelns beruhigte er sich, drehte sich ein paarmal nach Katzenart um die eigene Achse – und nahm schließlich Platz.

Zufrieden schauten Robert und Enna einander an.

Meinst du, er verzeiht uns?, fragte Enna.

Robert lachte leise in sich hinein.

Kann sein …

Schau mal!

Robert wandte den Kopf.

Siehst du was, was ich auch sehe?

Es schneite. Zaghaft zwar, ein wenig unentschlossen, so als schüttete jemand irgendwo da oben eine dicke Schneemasse durch ein zu feines Sieb – aber es war eindeutig Schnee. Zart, schmelzend, so trudelten erst wenige Flocken und dann immer mehr auf den dunkelnassen Boden. Aus dem Flockenwehen wurde ein Flockengeschüttel, und irgendwann schneite es einfach, was das Zeug hielt!

Enna und Robert wurden geradezu euphorisch.

Los, nach draußen!

Nein, noch nicht! Warte!

Aber morgen! Morgen können wir einen Schneemann bauen oder eine Schneefrau!

... oder einen Schneekater!

Sie umarmten sich, als hätten sie eine Schlacht geschlagen oder als wäre jedenfalls eine große Last von ihnen gefallen.

Ich lege mal einen Scheit nach, sagte Enna und stand auf. Sie streckte sich.

Na Miguel, mein Katerchen?

Der Kater schaute gnädig zu ihr herab. Er lag auf dem Ofen, eine Pfote baumelte lässig über den Rand nach unten, als könnte er von hier oben etwas angeln. Er blinzelte ein paarmal, dann schloss er langsam die Augen.

Hier oben, auf dem Ofen, da war sein neuer Platz. Hier würde er bleiben, über Weihnachten und überhaupt, solange es kalt war, solange der Winter dauerte. Mochte draußen das eklige weiße Zeug liegen bleiben, wie es wollte. Mochte es regnen oder schneien! Hier bliebe er, gewärmt von seiner alten Freundin, der Birke.

TATJANA KRUSE
Feliz Navidad, Killer-Kitty!

Zwei Tage vor Heiligabend

»Das klingt jetzt vielleicht ein bisschen herzlos, aber es ist nun mal ein Fakt, dass du Single bist und keine Familie hast. Ich kenne dich doch: Du wirst voll depri allein daheim vor dem Fernseher sitzen und Plätzchen futtern. Das kannst du auch bei uns tun und nebenher Catsitting machen.«

Ich hätte gern widersprochen, aber das ist das Dumme an besten Freundinnen: Sie wissen Bescheid.

»Bei uns hast du deutlich mehr Platz und einen wunderbaren Blick über die Stadt. Da lässt es sich viel angenehmer deprimiert sein.«

So weit, so richtig. Ella und Jogi residieren (hauptsächlich dank des Vermögens von Jogis Vater) in einem fantastischen Penthouse-Loft.

»Komm schon, ich bitte dich doch wirklich nicht oft um etwas«, schließt Ella ihre Argumentationskette ab. »Kühlschrank und Tiefkühltruhe sind voll, und Lilli und Hugo sind total pflegeleicht.«

Letzteres ist gelogen. Ich kenne die beiden schließlich. Lilli faucht, wenn sie mich sieht, und Hugo fährt jedes Mal, wenn ich an ihm vorbeigehe, die Krallen aus und schlägt mit der Pfote nach mir.

Aber Ella ist meine älteste Freundin, und ihr Mann ist ein wirklich netter Kerl. Ich mag die beiden sehr.

Außerdem hat Ella recht: Ich würde an Weihnachten

mutterseelenallein sein, da konnte ich auch ihre Wohnung und ihre Stubentiger hüten.

»Na schön, ich mach's.«

Da weiß ich aber auch noch nicht, wie viel Blut fließen wird. Mein Blut. Und auch nicht, dass ich die Liebe meines Lebes finden werde …

Ein Tag vor Heiligabend

Es ist später Nachmittag, als ich mit meinem Carry-On-Köfferchen aus dem Aufzug steige. Im Flur stehen schon drei Koffer und zwei Reisetaschen. Als ob Ella und Jogi auswandern wollten und nicht nur ein paar Tage ihrer Ski-Lust frönen.

»Da bist du ja endlich«, begrüßt mich Ella zwischen zwei Luftküssen. Als wäre ich zu spät dran. Dabei bin ich eine halbe Stunde zu früh.

»Komm rein«, sagt sie. »Es ist schon alles vorbereitet. Die Futterpläne habe ich dir in der Küche aufgehängt. Das werden total lockere Tage für dich.«

In der Küche entdecke ich fünf Zettel an der Kühlschranktür: Hugo, Lilli, Jupiter, Mietzi und Katze.

»Äh …«, fange ich an, komme aber nicht weit.

»Der Chef von Jogi muss seine Frau aus dem Ausland holen. Sie hat sich beim Segeln im Mittelmeer ein Bein gebrochen. Jogi hat natürlich sofort angeboten, dass wir uns um ihre Katzen kümmern. Und um die namenlose Siamesin, die gerade bei ihr in Pflege ist.«

»Ihr seid aber gar nicht da«, wende ich ein.

»Du bist doch da«, kontert Ella. »Und ob du jetzt fünf Katzen betreust oder zwei, das nimmt sich nichts.«

»Im Gegenteil, du hast es sogar leichter!«, sagt Jogi, der mit einem Rucksack über der Schulter auf mich zukommt und ebenfalls die Luft neben meinen Wangen küsst. »Die spielen schon den ganzen Tag miteinander. Wirst sehen, du musst dich null um sie kümmern. Du wirst gar nicht merken, dass sie da sind.« Er nimmt Ella an die Hand. »Komm jetzt, Ellaschatz, das Taxi wartet schon.«

Solche Holterdipolter-Aktionen überfordern mich. Ich kann nie schnell genug nein sagen, und wenn ich dann so weit bin, ist es zu spät. So auch jetzt. Die Aufzugstüren haben sich schon hinter Ella und Jogi geschlossen.

Bei meiner Runde durch das Loft faucht mich Lilli von unter dem Sofa an, Hugos Pfote fährt vom Küchenschrank nach mir aus, ein mir unbekannter, roter Fellhintern ist zwischen Schreibtisch und Bücherregal zu sehen, und etwas Getigertes mache ich hinter dem Duschvorhang aus. Die Siamesin kann ich nirgends entdecken.

Man könnte fast meinen, Hugo und Lilli hätten die drei Neuankömmlinge vor mir gewarnt. Den ganzen Abend über halten alle fünf Abstand, zeigen nicht mal ein bisschen Neugier, geschweige denn, dass sie zum Schmusen kommen. Quasi wie bei mir zu Hause.

Zu diesem Zeitpunkt bin ich noch sehr zuversichtlich, dass ich diese Catsittingsession mit Bravour bewältigen werde!

Heiligabend

Ich kriege keine Luft mehr!

Eine Lawine hat mich unter sich begraben. Verzweifelt versuche ich, durch den Schnee an die Oberfläche zu kommen, wieder atmen zu können.

Ich strampele mir aber nur unsanft eine Katze vom Leib, die sich fett auf meinem Gesicht geparkt hat. Es ist die namenlose Siamkatze.

Ein Blick auf mein Handy verrät: fünf Uhr früh.

Ich sollte ihr nachgehen, denke ich noch, vermutlich hat sie Sehnsucht nach ihrem Pflege-Frauchen verspürt und bei mir Zuneigung und Wärme gesucht, bevor sie so schnöde weggestoßen wurde. Ja, ich sollte mich bei ihr entschuldigen, sie in den Arm nehmen und trösten.

Aber da bin ich auch schon wieder eingeschlafen …

Als ich aufwache, ist es draußen hell, mithin spät. Ich hieve mich aus dem Bett und schlappe erst ins Bad und dann in die Küche zur Kaffeemaschine.

»Fröhliche Weihnachten, ihr Süßen!«, rufe ich unterwegs. Keine Antwort.

Während die Maschine blubbert, nehme ich eine Cornflake-Schachtel und eine Schale aus dem Küchenschrank. Das wird mein Frühstück. Ich kenne mich mit Katzen nicht aus, meine mich aber dumpf zu erinnern, dass immer erst die Alpha-Katze vespert, bevor das Rudel was bekommt. Wegen Machtgefälle oder so. Mir fällt auf, wie still es immer noch ist. Wo sind die fünf?

Mit dem Espresso in der Hand schlurfe ich einmal quer durch das Loft. Anfangs gemächlich, dann zunehmend schneller. Das liegt nicht am Koffein, sondern an der Tatsache, dass weit und breit keine Katze zu sehen ist.

»Hugo? Lilli? Mietzi? Jupiter? Katze?« Panik macht sich in mir breit. Wo sind die nur? Ich schaue unter und neben und hinter sämtliche Möbelstücke, öffne Schranktüren, steige auf Hocker, um die Schränke auch von oben zu inspizieren. Nichts!

Die müssen doch irgendwo sein!

Ich male mir die schlimmsten Katastrophen aus. Sind sie vom Dach gestürzt? Nein, alle Fenster sind geschlossen. Wurden sie gestohlen? Nein, die Türen sind verriegelt. Spontane Selbstverbrennung? Unsinn! Erstens ist das Quatsch, und zweitens sind nirgendwo Aschehäufchen.

Ich eile in die Küche, wo ich mein Handy beim Kaffeekochen zwischengelagert habe, und suche mit zitternden Fingern die Nummer von Ella. Sie soll per Ferndiagnose feststellen, was mit den Katzen ist. Dabei stoße ich versehentlich die Schachtel mit den Cornflakes von der Theke. Es raschelt und knistert. Schlagartig kommen die fünf aus verschiedenen Richtungen in die Küche stolziert. Gott weiß, wo sie sich versteckt hatten. Womöglich können sie sich unsichtbar machen.

»Tut das ja nie wieder!«, mahne ich streng. Und weil sie nun schon da sind, fülle ich die fünf Näpfe grammgenau mit Trocken- beziehungsweise Nassfutter, streng nach den Vorgaben auf den Zetteln.

Lilli faucht, die anderen vier machen sich über das Futter her. Einige Minuten lang beobachte ich die Kleinen wohlwollend und kann mir sogar vorstellen, dass ich – sollte sich an meinem Single-Zustand langfristig nichts mehr ändern – als alte Jungfer mit Dutzenden Katzen glücklich und zufrieden dem Grab entgegenlebe. Dann gehe ich duschen.

Ich hätte die Näpfe nicht nebeneinander aufstellen dürfen, das wird mir aber erst später klar. Als ich aus dem Bad komme und es im Flur verdächtig müffelt.

Irgendeiner der Felltiger muss sich an Näpfen bedient haben, die nicht für ihn gedacht waren. Offenbar ging es bei den Futtervorgaben nicht um individuelle Vorlieben oder Diätwahn, sondern um Allergien. Wie auch immer, das Katzenklo im Flur spricht Bände. Keine Details, aber eine der fünf hat wirklich schlimmen Durchfall. Vielleicht auch mehr als eine.

»Es tut mir so leid, das wollte ich nicht«, entschuldige ich mich.

Die Klumpstreu-Füllung auswechseln wird nicht reichen. Ich muss die Wanne tiefenreinigen. Und Teile des Parketts. Und der Wand.

Ich beuge mich nach vorn, um seufzend zu tun, was getan werden muss, da spüre ich ein Vibrieren. Etwas saust durch die Luft. Und gleich darauf bohren sich Katzenkrallen in meinen verlängerten Rücken.

Glücklicherweise habe ich ein Badetuch um mich geschlungen. Gott weiß, wie tief die Krallen sonst ins Fleisch gedrungen wären. Jedenfalls schreie ich lauthals auf und twerke gleich darauf wie Miley Cyrus, damit wer immer in meinen Hintern verkrallt ist, durch die Bewegung abgeschüttelt wird. Das Gegenteil ist der Fall. Aus den Augenwinkeln nehme ich etwas Rotes wahr: Jupiter, krallt sich nur umso fester in meinen Po. Beim hektischen Hüftwackeln gerate ich versehentlich mit dem Fuß ins Katzenklo, das umkippt und seinen Inhalt großflächig verteilt. Ich schreie immer noch, jetzt allerdings weniger vor Schmerz, mehr aufgrund meines Genervtseins und meiner Wut. Lilli schreit mit. Oder schreit gegen mich an, so genau will ich mich da nicht festlegen. Hugo maunzt, Jupiter faucht infernalisch. Nur die Siamkatze sitzt, mit deutlichem Abstand, stumm in pharaonenhafter Pose. Ich habe das Gefühl, dass sie mich voller Mitleid anschaut.

Endlich lösen sich die vermaledeiten Krallen aus meiner Haut.

Ich will ins Bad laufen, um den Schaden zu begutachten und zu desinfizieren, muss dabei am Garderobenschrank vorbei, auf dem Hugo sitzt, der versucht, mir eine Krallentätowierung zu verpassen. Was ihm auch gelingt. Tiefe blutende Furchen ziehen sich an Stirn und Wange hinunter.

Beim Anblick des Blutes wird mir blümerant und ich gerate ins Taumeln. Gefährlich nahe am Weihnachtsbaum! Ich will einen Schritt zur Seite machen und wäre beinahe auf Jupiter getreten. Tier geht vor Baum, ich weiche zur anderen Seite aus, und es kommt, wie es kommen muss … Ich stoße den Baum um.

Es ist nur ein hüfthoher Plastikbaum mit Lichterkette, der auf einem Hocker steht, aber als er auf dem Parkettboden aufkommt, gibt es jede Menge Weihnachtskugelscherben.

Sofort denke ich an die zarten Katzenpfoten, die auf gar keinen Fall in die Scherben treten dürfen. Ich packe die Katze, die mir am nächsten ist. Lilli!

Sie beginnt wie eine Verrückte zu schreien. Es klingt, als würde ein Mensch ermordet.

Ich setze sie zügig ab und baue stattdessen aus Schirmständer, Hocker und diversen Deko-Gegenständen einen vorläufigen Schutzwall um die Scherben.

Das wird alles zu viel für mich. Jetzt ist es offiziell: Von null auf fünf Katzen – das überfordert mich.

Schimpfen Sie mich ruhig einen schlechten Menschen, aber ich hole mein Handy und google *Katzenhotels in der Nähe*. Doch wo immer ich auch anrufe, laufen nur Bandansagen, dass über die Feiertage geschlossen sei, und falls mein Liebling dort gerade Urlaub mache und ich eine dringende Nachricht an ihn habe, solle ich die Handynummer anrufen, die ich beim Einchecken bekommen habe. Kurzum: Kein Platz in der Herberge. Kein Wunder, es ist ja Heiligabend!

Inmitten von Katzenklostreu, Weihnachtskugelscherben und Bluttropfen bin ich kurz davor, in Tränen auszubrechen.

Plötzlich klingelt es an der Wohnungstür.

Klar, die Nachbarn wollen sich beschweren, dass die Katzen sie beim Intonieren von »Leise rieselt der Schnee« übertönen.

Aber es sind nicht die Nachbarn. Es ist die Polizei!

Zwei Streifenbeamte. Und einer von ihnen sieht so schnuffig aus, dass ich eine Sekunde lang denke, er sei Teil meines Lawinentraums.

Die Beamten mustern mich. Erst jetzt fällt mir ein, dass ich ja nur ein Badetuch trage. Ihr Interesse gilt aber mehr dem Blut in meinem Gesicht.

»Hier soll eine Frau gequält werden«, sagt der Gutaussehende. Er hält mich für die Frau. Würde ich an seiner Stelle auch.

»Nein, das sind nur die Katzen«, sage ich. Und korrigiere mich augenblicklich. »Aber die werden nicht gequält! Wenn wer gequält wird, dann ich. Wir verstehen uns nicht. Die Katzen und ich. Die Katzen sind völlig durchgeknallt, so was habe ich noch nicht erlebt. Ich bin die Sitterin. Das ist die Wohnung meiner Freunde. Sie sind beim Skifahren. Die Katzen gehören ihnen. Zwei von ihnen. Die anderen sind Gastkatzen. Vielleicht hat sie das ungewohnte WG-Feeling traumatisiert …« Ich verstumme abrupt. Das Plappern lässt mich wie einen durchgeknallten Katzen-Torquemada klingen.

»Können Sie sich ausweisen?«

Ich hole meine Handtasche und wühle den Ausweis heraus.

»Katharina Severing«, liest der Gutaussehende ab.

»Kitty für meine Freunde.« Ich versuche mich an einem Lächeln. Weil ich in der ganzen Zeit noch nicht in den Spiegel geschaut habe, weiß ich nicht, dass ich wegen der Blutschlieren auf meinem Gesicht wie eine Untote aussehe, die einem Horrorfilm entsprungen ist. Folglich erwidert er mein Lächeln nicht.

Killerkralle Jupiter kommt zitternd und jämmerlich miauend aus dem Wohnbereich. Das macht der doch absichtlich. Um mich schlecht dastehen zu lassen.

»Sehen Sie sich ruhig um.« Ich trete zur Seite.

Die beiden Beamten ergreifen die Gelegenheit, sich vom ordnungsgemäßen Zustand von Wohnung und Katzen zu vergewissern.

Dabei schubbert sich Satansbraten Hugo liebevoll am Bein des anderen Polizisten, der in die Hocke geht und erst Hugo, dann Jupiter krault. Mietzi lässt sich vom Gutaussehenden in den Arm nehmen und schnurrt.

»Die Katzen sind doch völlig normal. Haben Sie schon mal dran gedacht, dass es an Ihnen liegen könnte?« So, wie der Gutaussehende das zu mir sagt, ist klar, dass es keine gemeinsame Zukunft für uns beide geben wird.

Schicksalergeben zucke ich mit den Schultern. »Ich sorge dafür, dass es von nun an ruhiger zugeht.«

Die Beamten nicken. »Wir bitten darum. Frohe Weihnachten noch.«

Vier Tage nach Heiligabend und alle Tage danach

Das Durchfalldesaster hat mich gelehrt, bei der Fütterung der Raubtiere stets zugegen zu sein und auf absolute Einhaltung des jeweiligen Napfes zu achten.

Sämtliche Scherben wurden beseitigt. Die fehlenden Kugeln am Weihnachtsbaum fallen nicht weiter auf, weil ich sie üppig durch Lametta ersetze.

Ich wende den Katern, die sich gegenseitig zu immer neuen Gräueltaten anstiften, keine Sekunde mehr den Rücken zu, folglich kann sich auch keiner heimtückisch von hinten in mich krallen. Nur von vorn. Weil sie schneller sind als ich.

Als Ella und Yogi zurückkommen, kann ich ihnen fünf unversehrte Katzen präsentieren.

Die Frau von Jogis Chef wird noch eine geraume Weile

nicht wieder auf die Beine kommen, darum ist sie ehrlich erfreut, als ich anfragen lasse, ob ich die Pflege-Siamesin adoptieren dürfe.

Ich taufe sie Eirene, nach der altgriechischen Göttin des Friedens. Sie war die Einzige, die an diesem Heiligabend aus der Hölle auf meiner Seite stand. Und so viel steht jetzt schon fest: Sie wird die Liebe meines Lebens.

ROBERTA GREGORIO
Parmenides' Weihnachtswunder

Es war dunkel in Ascea, eine dieser sternenklaren, nie enden wollenden Nächte mit gigantischem Himmel, der trotzdem nur einen winzigen Eindruck von der Unendlichkeit des Universums vermitteln konnte. Ob Groß oder Klein, Mensch oder Tier, diese Nächte verzauberten alle gleichermaßen. Die Sterne wirkten wie kleine Sonnen, funkelnde Planeten, der Mond war dick und rund, so nah, dass man glaubte, ihn fast berühren zu können.

Der Kater Parmenides, ehemaliger Streuner aus Mailand, liebte sein neues Leben mit Frauchen Tina im Süden. Sie hatte ihm zig Bettchen und Kissen gekauft, damit er es sich zum Schlafen im Haus bequem machen konnte. Doch er zog es noch immer vor, im Freien zu übernachten, am liebsten eingerollt auf dem Fußabtreter mit den rauen Borsten, die seinen Bauch so schön massierten.

»Komm doch rein, Parmenides. Hier hast du es wärmer«, lockte Tina Abend für Abend. Und er wünschte sich, sprechen zu können, um ihr zu erklären, dass er die Nächte im Freien hier regelrecht genoss, obwohl es Winter war. Seit Neuestem teilte er sich den Vorgarten sogar mit einem Weihnachtsmann mit roter Nase und kleiner, runder Brille, der ab und an *Ho-ho-ho*-Laute von sich gab und dann *Bianco Natale* anstimmte. Parmenides hatte ihn zunächst argwöhnisch und nur aus sicherer Entfernung betrachtet. Ihm war die kleine Figur nicht geheuer gewesen.

Wie es sich gehörte, hatte er sie auch ein paarmal umgeworfen. Doch dann hatte Tina ein ernstes Wörtchen mit Parmenides geredet, und er hatte Frieden mit *Babbo Natale* geschlossen. Sie waren nun dicke Freunde. Selbst an die Leuchtketten, den Stern von Bethlehem, der über der Eingangstür hing, und noch so allerhand Weihnachtsdekoration hatte er sich gewöhnt. Eigentlich war diese festliche Stimmung gar nicht so übel.

Parmenides gähnte. Er war müde, legte seinen großen Kopf auf die Pfoten, seine Augen nur noch winzige Schlitze. Er war nun offizielles Maskottchen der Ausgrabungsstätte Velia, wo sein Frauchen arbeitete. Das war gar nicht so beabsichtigt gewesen, er war Tina nur einfach gefolgt, Tag für Tag, und hatte sich auf eine der warmen Natursteinmauern gelegt, um sich zu sonnen. Aus unerfindlichen Gründen wussten bald alle Besucher, dass er nach dem Philosophen Parmenides benannt worden war, dem Gründer der eleatischen Philosophenschule. Und sie fanden, dass er dem Philosophen ähnlich sah. Irgendjemand hatte ein Foto von Parmenides geschossen und im Internet veröffentlicht, was ihm zu einem gewissen Ruhm verholfen hatte. Fakt war, dass viele Touristen nun auch *seinetwegen* kamen. Und es war natürlich anstrengend, eine solche Berühmtheit zu sein. Viele Fotos, unzählige Streicheleinheiten, leckere Köstlichkeiten, mal nahm ihn ein Kind auf den Arm, dann wurde er wieder durch die ganze Ausgrabungsstätte getragen … das Leben als bekanntester Kater Asceas war eine wahre Herausforderung. Aber er liebte jeden Augenblick davon. Besonders genoss Parmenides die Abende mit Tina am Meer, oh, wie sehr mochte er das Meer, den fischigen

Geruch, die Brise, die mit seinen Schnurrhaaren spielte, den warmen Sand und das sanfte Rauschen der Wellen! Parmenides fielen die Augen zu, er glaubte, die leichte Brise zu spüren, warm und angenehm. Er konnte das Meer von seinem Platz aus zwar nicht sehen, glaubte jedoch, es zu spüren. Vielleicht träumte er, vielleicht war er noch wach, so genau konnte er es nicht mehr sagen, als er aber Geräusche im Vorgarten hörte, war er definitiv hellwach. Er brauchte einen Augenblick, um einzuordnen, aus welcher Richtung sie kamen. Auch war er sich nicht gleich sicher, was es war. Seine erste Vermutung: ein Hund. In einiger Entfernung war ein aufgeregtes Bellen zu hören. Doch dann vernahm Parmenides Grunzen und Schnaufen. Die Nachbarshunde fingen nun ebenfalls an zu kläffen und sich an den Zäunen aufzustellen. Parmenides spürte Blicke auf sich. Durch die Hecke hindurch sah er ein Augenpaar. Augen, die offenbar zu einem Wildschwein gehörten. Riesige Hauer blitzten aus dem länglichen Maul hervor.

Parmenides' erster Instinkt war die Flucht. Kein Problem als noch reichlich gelenkiger Kater, einem Wildschwein zu entkommen, vor allem in einem Wirrwarr nebeneinanderliegender Gärten. Doch dann merkte er, dass Tina im Haus wach geworden war. Wahrscheinlich hatten die lauten Hunde sie geweckt. Licht ging an. Gardinen wurden zur Seite geschoben. Das entging auch dem Wildschwein nicht. Es wurde nervös, begann zu schaben und schnauben. Das Geräusch ließ Parmenides die Nackenhaare aufstellen. Er konnte jetzt nicht einfach weglaufen. Was, wenn Tina nach draußen kam? So nervös wie das große Tier war, würde es sie vielleicht sogar angreifen. Parmenides steuerte es gar nicht bewusst, doch er hörte sich selbst laut und bedrohlich miauen. Er hatte sich erhoben und einen Buckel gemacht. Doch bewegte er sich nicht vom Fleck. Er blieb auf dem Fußabtreter und hoffte, dass Tina die Haustür nicht öffnete. Dann jedoch passierten mehrere Dinge gleichzeitig und Parmenides' Instinkt setzte ein. Der kleine Weihnachtsmann im Vorgarten durchbrach mit seinem völlig unpassenden *Ho-ho-ho* die angespannte Stille und jagte damit dem Wildschwein einen solchen Schrecken ein, dass es einen unkoordinierten Satz auf Parmenides zu machte, der heroisch Stellung hielt. Er fauchte daraufhin so überzeugend, dass die Hunde, die sich zwischenzeitlich beruhigt hatten, wieder laut bellten. Tina riss exakt in dem Moment die Tür auf und gab dem Wildschwein mit dem plötzlich hellen Licht den Rest. Das beeindruckend große Tier visierte nun Tina an, die es zu verjagen versuchte. Und in dem Moment kam der Weihnachtsmann wieder zum Einsatz: Leise, aber auf unerklärliche Weise furchteinflößend, ging der Gesang von *Bianco Natale* los. Mitten im Chaos aus fauchendem Kater, gestikulierendem Frauchen und vollkommen desorientiertem Wildschwein, klang der liebliche weihnachtliche Gesang wie die Hintergrundmusik zu einem Horrorfilm, der einem das Blut in den Adern gefrieren ließ. Das Wildschwein lief auf den Weihnachtsmann zu. Mit gesenktem Kopf und einem einzigen Ziel. Es war klar, dass er die kleine Statue mit seinen Hauern aufspießen wollte. Das konnte Parmenides nicht zulassen. Er wusste, dass Tinas Herz an diesem ganzen Weihnachtsklimbim hing. Er wusste, dass sie diesen kleinen, bizarren *Babbo Natale* liebte. Und Parmenides würde sein Leben geben, um Tina jegliches Leid zu ersparen. Er sprang also elegant und flink zwischen Statue und Wildschwein. Er spürte es kaum, als der Hauer sich tief in sein Fleisch bohrte – er hatte den Angriff abgewehrt. Doch er spürte, wie das Wildschwein seinen dicken Kopf hin- und herschwang, um seinen Hauer wieder zu befreien. Ja, zugegeben, das tat weh. Doch als Parmenides leblos auf den Boden fiel, sah er noch, dass die Statue unversehrt an ihrem Platz stand. Dann kniete auch schon Tina neben ihm. Seine Tina. Sie berührte ihn vorsichtig. Und eigentlich war es doch eine gute Art, aus dem Leben zu scheiden …

*

Tina hörte erst wieder auf zu schreien, als sie merkte, dass ihre Kehle schmerzte. »Parmenides!«, rief sie immer wieder. Doch ihr geliebter Kater lag nur da, der große, dicke, ach so tapfere Kerl, ohne den sie sich ein Leben gar nicht mehr vorstellen konnte. Seit sie ihn vor Monaten aus Versehen von Mailand mit in ihre Heimat im Süden Italiens genommen hatte, hatte sie ihn ins Herz geschlossen. Er war aber auch *so* charmant. Ganz sicher eine Maine-Coon-Mischung mit einem ausdrucksvollen Gesicht, langen, spitzen Ohren und einem Fell mit beinahe geometrischer Färbung. Er war halb getigert und halb rötlich, die verschiedenen Muster wie durch eine Linie getrennt. Am schönsten fand sie seine grauen Augen. Und er war selbst in der Ausgrabungsstätte zum Liebling aller geworden.

Zuerst hatte sie noch versucht, ihn wieder nach Hause

zu tragen, wenn er ihr zur Arbeit folgte. Doch dann hatte sie eingesehen, dass er viel zu unabhängig und eigenständig war, um sich von ihr sagen zu lassen, was er zu tun hatte. Eine Kollegin hatte irgendwann erkannt, dass eine gewisse Ähnlichkeit bestand zwischen dem Kater und dem Philosophen, nach dem sie ihn benannt hatte. Der Rest war dann Geschichte. Touristen kamen und fragten direkt nach Parmenides. Tina war ein bisschen stolz. Wie eine Mutter, die ihr eigenes Kind sowieso toll fand, sich aber auch freute, wenn andere erkannten, dass es tatsächlich so war.

Es brach ihr das Herz, ihn so daliegen zu sehen. Und das vermutlich nur, weil er den Weihnachtsmann vor dem Wildschwein hatte retten wollen. Sie hatte von der Wildschweinplage gehört, dass sie sich aber schon bis ans Meer wagten, war ihr neu. Sie war vom Gebell wach geworden und hatte ihren Augen kaum geglaubt. Bis sie schließlich den hässlichen Angriff mitansehen musste, ohne ihn verhindern zu können.

Tina rannte zurück ins Haus, wickelte ihren Liebling, der noch atmete, in eine Decke und fuhr ohne einen konkreten Plan los. Klar, sie musste zu einem Tierarzt, und zwar so schnell wie möglich. Ihr alter Tierarzt, der Parmenides bei ihrer Ankunft in Ascea durchgecheckt hatte, war vor Kurzem in Pension gegangen, seitdem hatte sie sich noch nicht um einen neuen gekümmert. Doch aus reiner Gewohnheit fuhr sie direkt zur alten Praxis, die sich am Anfang der Strandpromenade befand. Sie parkte mehr schlecht als recht, als sie sah, dass Licht brannte. Als sie Parmenides aus dem Auto hob, weinte sie bitterlich, denn er sah mehr tot als lebendig aus.

»Hallo?«, rief sie. Keine Antwort. Sie klingelte an der verschlossenen Praxistür.

Jemand öffnete. Ein Mann, der verbeulte Jeans und ein Sweatshirt trug. Es war inzwischen nach ein Uhr morgens. »Ja?«, fragte er dennoch.

»Bitte ... mein Kater ...«, sie stammelte, konnte nicht aussprechen, was geschehen war.

»Eigentlich eröffne ich erst morgen, ich bereite gerade alles vor ... deshalb bin ich überhaupt noch in der Praxis«, erklärte er und breitete die Arme entschuldigend aus.

»Er wird sterben, wenn Sie nichts tun«, erwiderte sie. Und das war die Wahrheit.

»Kommen Sie rein! Ich bin De Luca. Was ist passiert?«

Tina war froh, dass der neue Doktor sich vor ihren Augen von einem etwas zurückhaltenden jungen Mann in einen professionellen Tierarzt verwandelte. »Parmenides ist von einem Wildschwein angegriffen worden, weil er den Weihnachtsmann beschützen wollte«, erzählte sie spontan, merkte aber im selben Augenblick, dass ihre kleine Geschichte sonderbar klingen musste.

Doch Dottor De Luca nahm sie einfach so hin. »Na, dann legen Sie den kleinen Helden mal auf den Tisch hier«, forderte er sie auf.

Tina lud Parmenides vorsichtig ab, und sie glaubte, kurz eine Bewegung von ihm gespürt zu haben. Diese Tatsache machte ihr Mut. »Wird er es schaffen, Dottore?«

Der Tierarzt sah sich die tiefen Wunden an. »Lassen Sie uns auf ein Weihnachtswunder hoffen, ja?«

Tina schluckte schwer, nickte dann aber. »Ja ... ein Weihnachtswunder ...«

»So, und nun werden wir das hübsche Kerlchen hier mal versorgen ... Werden Sie mir helfen?« Zum ersten Mal blickte der Arzt sie direkt an.

Für eine Sekunde bewegte der Blick etwas in ihr, dann nickte sie. »Ich bin bereit ...«

Es wurde eine lange, schwierige Nacht. Als sie Parmenides endlich in einen Aufwachkäfig legen konnten, brach der Tag schon beinahe wieder an.

Jetzt, nach all der Anspannung, kam Tina erst wieder allmählich auf dem Boden der Tatsachen an, fand, dass sie den Dottore lang genug belästigt hatte. »Gut, also, danke für Ihre Hilfe, Dottore.« Sie war plötzlich verlegen und versuchte, eine professionelle Distanz zwischen sich und den Tierarzt zu bringen, die sie während der Operation keinen Moment lang gespürt hatte. Wahrscheinlich das Adrenalin ... »Ich werde Parmenides also wie abgemacht zweimal am Tag besuchen und ...«

»Möchten Sie nicht erst mal etwas Warmes trinken?«, fragte er ganz unerwartet und machte mit seiner Frage die Distanz, um die sie sich bemüht hatte, zunichte.

»Oh, Gott ... ja, bitte!«, nahm sie seine Einladung spontan an. Sie konnte sich im Moment nichts Besseres vorstellen, als ein paar Minuten bei einem heißen Getränk zu entspannen. Es war kühl geworden in der Nacht. Sie trug nur einen alten Jogginganzug und spürte nun, dass sie regelrecht fror.

»Kommen Sie mit nach oben«, bot er an.

Tina folgte ihm. Er führte sie in ein Wohnzimmer mit Blick auf das Meer.

Wundervoll. Der Tag war gerade dabei zu erwachen, versprach, herrlich zu werden. Tina mochte Wintertage am Meer, zog sie sogar manchmal Sommertagen vor, denn an der kalten Jahreszeit schätzte sie die Ruhe, die auf sie regenerierend wirkte. Sie setzte sich, wie der Tierarzt ihr angeboten hatte, an den runden Tisch, glättete mit der Hand die Tischdecke, die etwas verrutscht war. Sie musste lächeln – trotz der Sorge um Parmenides –, weil der Stoff weihnachtliche Motive hatte. Kleine Weihnachtsmänner jagten Rentieren hinterher. Das war ganz ihr Geschmack, ganz ihr Humor. Sie war ein Weihnachtsfan und fand den Teil mit dem Weihnachtsschmuck am besten. Ihr kleines Häuschen, das sie gemietet hatte, war voller Lichterketten, Lametta, Rentieren, Engeln, Krippen, Kerzen, Kränzen und Weihnachtsmännern. Und zum ersten Mal seit langer Zeit fühlte sie sich angekommen, zu Hause.

Der Tierarzt kam zurück, brachte zwei Tassen, reichte ihr eine rote mit großen goldfarbenen Sternen und nahm selbst am Tisch Platz.

Der Tee roch nach Zimt, weihnachtlich, heimelig. Sie pustete in die Tasse und sah dem Dampf dabei zu, wie er in die Lüfte stieg.

»Parmenides ist mir vermutlich in Mailand ins Auto geschlüpft. Eine Art blinder Passagier. Ich habe ihn erst bei Bologna bemerkt. Er ist so … so …« Ihr fiel kein Wort ein, das ihn richtig beschreiben würde.

»Nobel?«, schlug der Tierarzt vor.

»Ja …«

Sie ließ das Wort auf sich wirken.

Nobel.

Das traf Parmenides' Charakter haargenau.

Sie schwiegen eine Weile, tranken aus den Weihnachtstassen, beobachteten, wie der Tag allmählich heller wurde. Das Meer bewegte sich in sanften Wellen. Der Strand war menschenleer und bildschön.

Wäre es nach Tina gegangen, sie hätte gut noch den ganzen Tag so dasitzen können, doch ihr war klar, dass sie hier beim Tierarzt saß und nicht bei einem guten Freund. Und diesen Gedanken konnte sie nicht länger verdrängen. Sie räusperte sich. Doch er kam ihr zuvor.

»Sie waren gut im Operationssaal«, sagte er.

»Tina. Und gern Du«, stellte sie zunächst klar. »Und offen gestanden könnte ich gar nicht mehr sagen, was ich genau getan habe. Ich war wohl unter Schock«, gab sie zu.

»Enzo«, erwiderte er nur und schaute weiter aufs Meer.

»Hm?« Sie kam nicht ganz mit, musste wohl an der Müdigkeit liegen, die sie nun zu spüren begann.

»Ich heiße Enzo. Und alle, die mit mir operieren oder operiert haben, müssen mich duzen«, erklärte er bitterernst, stellte dann seine Tasse ab und erhob sich. »Und jetzt schauen wir mal nach unserem noblen Patienten.«

*

Parmenides wusste nur, dass er fähig war, zu denken. Und dann war da noch ein Feuer. Überall. Sein Fell, seine Haut, seine Organe, seine Augen. Feuer. Überall.

Er fragte sich, ob man noch fühlte, wenn man tot war. Lag er schon in einem Grab? Hatte Tina ihn beerdigt? Was für ein Finale! Er hatte sich so auf dieses Weihnachtsfest gefreut, von dem Tina die ganze Zeit gesprochen und das er noch nie gefeiert hatte. Zumindest hatte er den Weihnachtsmann gerettet. Das war ihm wichtiger als alles andere.

Parmenides hatte sein Leben gelebt. Es war gut so. Nur … ja, schade, dass er Weihnachten mit Tina nicht mehr erleben konnte. Wenn er etwas bedauerte, dann war es das …

*

Tina war am Boden zerstört. Enzo hatte angerufen und von einer schweren Infektion gesprochen, die Parmenides' Genesung deutlich im Weg stand.

Eine Woche war seit der Operation vergangen. Sie verbrachte beinahe mehr Zeit am Aufwachkäfig als auf der Arbeit. Eine Familie war extra aus Deutschland angereist, um Parmenides zu sehen. Und Tina hatte ihnen erklären müssen, dass ihr wundervoller Kater vielleicht nie wieder der Star der Ausgrabungsstätte sein würde. Und die Touristen hatten sich mit den antiken Mauern und Bauwerken begnügen müssen. »Frohe Weihnachten«, hatten sie ihr gewünscht, als sie nach der Besichtigung wieder gingen. Und sie hatte ihnen ganz instinktiv eine Einladung zur geplanten Weihnachtsaufführung im antiken Amphietheater in die Hand gedrückt. Eine Woche nur noch bis Weihnachten, bis zur Aufführung. Und Parmenides ging es einfach nicht besser …

Sie besuchte ihren Liebling in der Mittagspause. Es brach ihr das Herz, ihn abgemagert und apathisch in seinem Käfig vorzufinden … einmal mehr.

»Lass uns hoffen, dass das Antibiotikum anschlägt …«, begann Enzo, der hinter ihr stand.

»Schluss damit!«, beschloss sie spontan.

»Ich verstehe nicht«, gab Enzo zu.

»Er muss raus aus diesem Käfig. Er liebt nichts so sehr wie seine Freiheit. Es muss für ihn ganz schrecklich sein, tagein, tagaus in diesem Gefängnis zu verbringen.«

»Nun, besonders bei einer Infektion ist es wichtig, dass er steril …«, fuhr Enzo unbeeindruckt fort.

Und er hatte sicher recht. Aber doch wieder nicht. Tina kannte ihren Kater. Er litt bestimmt Höllenqualen. Sie griff vorsichtig in den Käfig, wo er eingerollt und mit frischen Narben auf einer Decke lag, die sie ihm mitgebracht hatte. »Er muss ein bisschen frische Luft schnappen, Enzo. Ich weiß, aus medizinischer Sicht ist das vielleicht nicht ratsam, aber ich muss es einfach versuchen. Ein Stündchen am Meer? Nur ein Stündchen.« Sie sah Enzo aufmerksam und flehend an.

Er wich ihrem Blick aus. »Ich kann dem einfach nicht zustimmen. Nicht in seiner Verfassung. Jeder Windhauch könnte fatal für ihn sein.«

Sie atmete tief ein. »Nun, dann werde ich das Risiko wohl auf mich nehmen müssen.« Sie hob Parmenides aus dem Käfig. Er war schwer, was sie beruhigte. Noch war Leben in ihm.

Es war schön und friedlich am Meer. Die Luft war deutlich aufgefrischt, aber Tina hatte ihren Parmenides gut gegen die Kälte eingepackt. Nur sein Näschen schaute aus der Decke. Sie saß auf dem Sand, er lag auf ihrem Schoß, so wie er es am liebsten mochte. Sie fühlte sich endlich hilfreich. Sie konnte endlich etwas für ihren Kater tun. Und wenn er sterben würde, dann wenigstens als glückliches Tier an seinem Lieblingsplatz. Sie hoffte, er mochte spüren, wie sehr er geliebt wurde und wie wichtig er für sie war. Tina blickte auf den Weihnachtsbaum, den eine Schulklasse in einem Projekt für eine bessere Umwelt aus recycelten Plastikflaschen am Strand erbaut hatte. Er war groß und bunt. Kleine Briefchen hingen daran mit Wünschen und Hoffnungen. Sie bewegten sich leicht in der Brise.

Wenn doch nur Parmenides Weihnachten mit mir feiern könnte, war ihr Wunsch. Sie stellte sich vor, dass ihre Worte in die Luft stiegen und vom Meer davongetragen wurden. Die Vorstellung hatte etwas Tröstliches.

*

Das Feuer verwandelte sich in Sonne, der Schmerz ebbte ab. Er sah das Meer, vielleicht nur eine Vorstellung. Parmenides spürte Energie. Er spürte das Leben. Und Liebe. Helfende Hände. Freiheit. Liebe. Vor allem Liebe.

Er wurde geliebt, vielleicht sogar gebraucht.

Tina.

Weihnachten.

Sein Ziel.

*

Die Vorbereitungen zur Weihnachtsaufführung liefen auf Hochtouren. Wie jedes Jahr organisierte die Stadt ihr traditionelles Theaterstück, das die Antike mit Nonchalance mit der Modernität, Religion mit Philosophie und Freude mit Erwartung kombinierte. Tinas Rolle war die der Madonna. Sie hatte sich überreden lassen. Zum Glück hatte sie nicht allzu viel Text. Sie war nicht gut darin, sich vor ein Publikum zu stellen und dabei souverän zu wirken. Aber das war auch nicht das, was man von der Mutter Gottes erwartete. Sie war nervös, zumal wie immer jeder Platz im wundervoll weihnachtlich geschmückten Amphietheater besetzt war. Lichter sorgten für die richtige Stimmung. Die Temperatur war plötzlich weiter gesunken. Alle Besucher waren gebeten worden, sich eine Decke mitzubringen.

Ein paar Minuten nur noch, und es konnte losgehen. Wie verabredet war Enzo gekommen. Er war ihr in den letzten Tagen eine große Stütze gewesen. Er hatte irgendwann verstanden. Er hatte Tina verstanden und sich ihrem Entschluss unterworfen. Manchmal konnte man nicht alles über Medizin definieren. Und er hatte die Rolle des plötzlich erkrankten Josef in letzter Sekunde mit Freude angenommen.

Tina und er standen gemeinsam in ihrem angedeuteten Stall. Sie sahen sich an. Er nahm ihre Hand. Das stand aber nicht im Skript.

Es wurde ganz still, als der Sprecher ankündigte, dass es losging. Das Publikum war begeistert, folgte dem Stück gefangen. Das Amphietheater befand sich auf einem Hügel über der antiken Ausgrabungsstätte, den Resten der Stadt von Elea/Velia. Ein Jahrhunderte später erbauter Turm, der an diesem Abend festlich erleuchtet war, thronte stolz über dem Theater. Nicht weit davon entfernt erstreckte sich das

Meer wundervoll und pittoresk bis zum Horizont. Allein schon das Setting war atemberaubend, Tina hatte das alles vermisst in Mailand. Sie war erfüllt von all der Schönheit.

Endlich kam der Einsatz von Tina und Enzo. Das Jesuskind wurde geboren, Zeit, es dem Publikum vorzustellen. Tina ging auf den Korb zu, hob die Decke, und siehe da – ein großer getigerter Kopf mit langem Fell und spitzen Ohren und grauen Augen kamen zum Vorschein. Parmenides miaute, als hätten sie es so abgesprochen. Das Publikum erkannte ihn sofort, jubelte, applaudierte. Und, ja, exakt in dem Moment begann es leicht zu schneien, was in Ascea eine freudige Seltenheit darstellte.

*

Parmenides reckte seinen Kopf hoch aus dem Korb direkt in den nächtlichen Himmel. Etwas Winziges, Kaltes, Nasses landete auf seiner Nase. Schnee!

Wie wundervoll …

»Frohe Weihnachten!«, rief jemand.

Und Parmenides legte seinen Kopf wieder nieder, sein Herz war voller Dankbarkeit.

Er erlebte sein erstes richtiges Weihnachten, er wurde geliebt, er hatte den Namen eines wichtigen Philosophen bekommen, er hatte das Wohl anderer vor sein eigenes gestellt. Mehr konnte er nicht verlangen, nicht in diesem Leben.

Gleich ist für mich, wo ich beginne, denn dorthin kehre ich wieder zurück.

Der Philosoph Parmenides war dieser Überzeugung gewesen, der Satz stand in der Ausgrabungsstätte auf einer Tafel, und der Kater sah plötzlich einen Sinn darin.

Es würde noch dauern, aber er würde wieder gesund werden. Denn auch Liebe konnte heilen, und davon bekam er hier eine ganze Menge.

DORETTE DEUTSCH
Die Katzenschule von Pellestrina

Schon im letzten Winter war Mimis Blick auf das schmale Haus am Rand der Lagune gefallen. Mit seinem hellen Anstrich leuchtete es von weitem, als würde es auf eine besondere Bestimmung warten. Verglichen mit den anderen Häusern lag es etwas zurück, und sein Eingang war mit einer kleinen Terrasse ummauert, die es im Winter vor heftigen Wellen schützte. Die Insel Pellestrina im Nordwesten der Lagune war für Mimis Plan ideal: Wie jetzt windete es im Winter hier aus allen Richtungen, sodass nur wenige Besucher, in wollenen Pullovern und mit einer dicken Mütze auf dem Kopf, überhaupt den Weg hierher fanden. Vor der Insel gab es reiche Fischgründe, was in der Vergangenheit ein paar unerschrockene Fischersfamilien, begleitet von ein paar neugierigen Katzen, hierhergelockt hatte. In dem schmalen weißen Haus hatte früher die Familie des Fischers Vinicio gewohnt, jedenfalls bis zu jenem denkwürdigen Jahr 1966, als eine Sturmflut viele Häuser zerstört hatte. Die Nässe war dem alten Vinicio durch alle Knochen gedrungen, bis er schließlich nach langem Widerstreben bereit war, zu seinem Sohn nach Mestre zu ziehen. Mimi freute sich, dass sie ausgerechnet sein Haus für ihre Katzenschule gefunden hatte. So konnte sie dem alten Vinicio, der zeitlebens ein großer Katzenfreund war, eine späte Ehre erweisen. Im Lauf der Jahre hatte Mimi gelernt, wie sie mit den Menschen umgehen musste, aber die anderen Tiere wussten es noch lange nicht!

Morgen würde wieder Weihnachten gefeiert, und zufrieden über ihre Vorbereitungen sah Mimi über Tische und Bänke, die in Vinicios Haus sorgfältig hintereinander aufgereiht waren. Dieses Jahr würde es für ein paar Menschen besondere Geschenke geben, sie freute sich schon auf die erstaunten Gesichter! Im Hintergrund prasselte wohlig der Kamin, draußen schlugen die Wellen sanft gegen das Ufer, als wollten sie die Festvorbereitungen nicht noch durch ihre Geräusche stören. Mimi war rundum zufrieden mit ihrem Plan, als ein seltsames Geräusch die Stille durchdrang. *Plupps!* Gleich darauf ein erschrockenes *Huch!* »Wen haben wir denn da?«, rief Mimi aus. Eine runde Fellkugel war durch den Kamin genau vor ihre Füße gefallen.

»Oh, pardon, ich wusste nicht, dass im Haus noch jemand wohnt!«, rief die Fellkugel erschrocken. Woher hätte sie auch wissen sollen, dass im Haus nun eine Katze lebte!

»Wer bist du denn?«, fragte Mimi irritiert.

Statt einer Antwort schlug das seltsame Wesen drei Purzelbäume, bevor es wieder genau vor Mimis Pfoten zum Stehen kam.

»Hey, du! Du bist ohne Einladung in meine Schule gekommen, stell dich bitte erst mal vor!«, rief Mimi ärgerlich. Die Fellkugel hatte eine braune Stupsnase, winzige Äuglein und ziemlich lange Ohren. Jetzt schnitt sie auch noch eine Grimasse.

»Du machst alberne Sprünge, nennst mir aber nicht deinen Namen. Das gehört sich in meiner Gegenwart nicht!«, belehrte Mimi den Eindringling.

»Na gut, ich möchte nicht unhöflich sein, ich heiße Ghirrolino!«

»Was ist denn das für ein komischer Name?«

Der Kleine kicherte und zog wieder an seinen Ohren, einmal rechts, einmal links, als wenn sie aus Gummi wären. »Ist gar nicht komisch, kommt von *Ghirro*, weil ich ein Zwischending von Eichhörnchen und Siebenschläfer bin.« Der Kleine ließ seine Ohren los und betrachtete aufmerksam seine Pfötchen. »Nur kleiner.«

»Willst du mich auf den Arm nehmen?«, fragte Mimi verärgert.

»Nein, um Himmels willen, dazu hab ich doch gar keine Kraft!«, rief der Kleine erschrocken aus. »Siehst du nicht, wie ausgehungert ich bin? Du hast nicht zufällig etwas von deinem Abendessen übrig?«

»Ich sehe schon, dass du ziemlich mager bist. Aber Siebenschläfer und Eichhörnchen halten Winterschlaf! Demnach dürftest du also gar nicht hier sein!« Geduld war entschieden nicht Mimis Stärke.

Ghirrolino brach in Tränen aus. »Das ist es ja eben! Winterschlaf ist fürwahr ein paradiesischer Zustand! Eigentlich sollten ihn auch die Menschen halten, in der Zeit könnten sie wenigstens kein Unheil auf Kosten von uns Tieren anrichten. Nur bin ich vor der Zeit aufgewacht, weil ich Hunger habe!«

»Na na, mein Kleiner, jetzt beruhig dich mal wieder. Was ist denn passiert?«

Ghirrolino schluchzte leise. »Dieses Jahr hat irgendetwas mit dem Startschuss für Winterschläfer nicht funktioniert! Ich habe gegähnt und mich eingerollt und beobachtet, wie sich meine ganze Familie zum Schlafen hingelegt hat, und trotzdem bin ich nach ein paar Minuten wieder aufgewacht.

Es war schon merkwürdig, dass alle um mich herum schliefen und sogar heftig schnarchten. Nur ich nicht!«

»Hhm«, antwortete Mimi nachdenklich, weil ihr der Kleine leidtat. »Meistens haben solche Ereignisse eine Bedeutung, man muss nur herausfinden, welche. Vielleicht hat das Schicksal für dich vorgesehen, dass du etwas Besonderes erleben wirst. In Gesellschaft einer Katze wie mir kann das jederzeit passieren!«

»Wie, mit einer Katze wie dir? Bist du was Besonderes?« Seine Stimme wurde immer weinerlicher. »Ich habe Hunger! Auf dem Dachboden war es heute noch dunkler als sonst, nichts zu essen weit und breit, und plötzlich habe ich Geräusche von unten gehört.« Jetzt knurrte Ghirrolinos Magen bedenklich.

»Nüsse habe ich nicht, ein Schälchen Milch, wenn du magst. Warum hast du dir nicht rechtzeitig einen fetten Winterbauch zugelegt?«, fragte Mimi. »Weil ich mir im Herbst zuerst die Pfote gebrochen habe, und danach kamen gleich die Zweibeiner und haben uns die Nüsse geklaut, obwohl sie doch so viele andere Dinge, sogar uns Tiere, essen! Als meine Pfote heil war und ich dann endlich bei den Haselnussbäumen ankam, waren alle Nüsse schon weg!«

»Ach, mein armer Kleiner! Jetzt kann ich dich noch nicht mal essen, weil du so dünne Ärmchen hast!«

»Nein, lieber nicht«, wisperte Ghirrolino. »Hier, schau mal, meine Arme sind wirklich dünn!«

Mimi ergriff Ghirrolinos Arme, zog daran und drehte sie um. »In der Tat, sie sind dünn«, stellte sie sachlich fest, »und ich esse auch nicht irgendwen.«

»Du könntest dich an meinen Knochen verschlucken! Dann weinen alle um dich, und du hast nichts davon.«

»Hier, jetzt trink erst mal deine Milch.«

Ghirrolino stürzte sich auf das Schälchen.

»Und jetzt sagst du mir, was du hier überhaupt willst?«

»Na ja ich wohne unterm Dach, seit Jahren schon, jedenfalls im Winter. Also wollte ich mir mal die Umgebung ansehen. Wach war ich ja sowieso.« Genauso wie er von einem Beinchen auf das andere sprang, klang er einmal kleinlaut und dann wieder quietschfidel.

»Im Winter gibt es auf Pellestrina wenig zu sehen, deshalb gefällt es mir ja. Das Wasser ist oft aufgewühlt, die Bäume sind kahl, es windet fürchterlich, und die paar Fischer ziehen sich in ihre Häuser zurück.«

Der Kleine legte die Pfote an die Wange. »Aber dich habe ich doch schon mal gefunden! Wie heißt du eigentlich?«

Mimi zögerte, ob sie dem komischen Kerl ihren Namen sagen sollte, für ungewöhnliche Situationen benutzte sie ein Pseudonym. »Ich heiße Mimi und bin die Chefin hier.«

»Wirklich? Du bist die erste Katze, die ich aus der Nähe sehe. Aber ehrlich gesagt, du gefällst mir schon!«

Sobald Ghirrolino gecheckt hatte, dass von Mimi keine Bedrohung ausging, ließ er seine kugelrunden Äuglein im Raum schweifen. Der hintere Teil war von einem gemütlichen Kaminfeuer erhellt, während der vordere in geheimnisvolles Dunkel gehüllt war. Wenn er seine Äuglein zusammenkniff und sich anstrengte, konnte er mehrere Bänke erkennen, die hintereinander aufgereiht waren. »Nanu, was ist denn das? Hast du Besuch? Hoffentlich nicht von deiner Verwandtschaft?«

»Verwandtschaft? Nein, die sehe ich nur selten. Ich habe viele gute Freunde, ist auch besser so. Wenn du mich fragst, werden in Zukunft Nachbarn noch wichtiger als Freunde sein. Auch wir Katzen werden immer älter und können nicht mehr allein auf Mäusejagd gehen. Wieso fragst du überhaupt?«

»Wegen der Bänke! Wer soll denn hier sitzen?«

»Die sind für die Weihnachtsschule aufgestellt!«

Ghirrolino rieb sich erstaunt die runden Äuglein. War vielleicht gar kein so schlechter Ort hier, in den er zufällig gefallen war. »Eine Weihnachtsschule? Kann ich da was lernen oder was Neues erleben?«

»Natürlich, ich habe in diesem Haus meine Schule zum besseren Verständnis zwischen Menschen und Tieren eingerichtet. In den letzten Wochen haben sich die Teilnehmer bereits kennengelernt. Schade, dass du noch nicht da warst. Gleich nach Weihnachten fängt das neue Schuljahr an.«

Ghirrolino drehte sich einmal um sich selbst. »Meine Mama sagte immer, dass man nur durch Erfahrungen lernen kann.«

Mimi machte eine abwehrende Geste. »Das sagen Mamas immer. Kennst du das neapolitanische Sprichwort: ›Jede Kakerlake ist für ihre Mama die schönste der Welt?‹ «

»Nein, hihi!«

»Aber die Erfahrungen von Tieren mit Menschen wiederholen sich, leider, und manchmal gehen sie nicht glücklich aus. Und da es mir sowieso schnell langweilig wird, dachte ich mir, dass man das abkürzen kann!«

»Wie, abkürzen? Du meinst, so wie man sich an Ästen festhält und von Baum zu Baum springt, damit man schneller an die Nüsse kommt?«

»Kompliment, mein Kleiner, hiermit hast du das Prinzip einer Schule erfasst!« Er scheint ein ganz gewitztes Kerlchen zu sein, dachte Mimi, vielleicht sollte ich mir doch etwas mehr Mühe mit ihm geben.

Ghirrolino blinzelte zu den Bänken im hinteren Teil des Raums. »Möchtest du mir vielleicht erklären, wie deine Schule funktioniert?«

»Du weißt doch, dass es mit den Zweibeinern ständig Pannen und Probleme gibt. Unsereins lebt in der Natur, ernährt sich aus ihr, und die Menschen machen nichts anderes, als sie zu zerstören. Leider verletzen sie dabei häufig genug auch uns.«

»O ja, davon kann ich ein Lied singen! Eigentlich bin ich auch zu spät zu den Nussbäumen gekommen, weil zu viele Menschen darunter Picknick machten und uns daran gehindert haben, Nüsse für den Winter zu sammeln!« Ghirrolino blickte wieder ganz traurig, wahrscheinlich fiel ihm sein leerer Magen ein.

»Genau. Mit den Zweibeinern muss man umgehen lernen, bevor sie einem die Nüsse klauen, sonst wacht man wie du vor Hunger aus dem Winterschlaf auf. Na ja, dieses Mal ist es eben passiert. Auch für solche Lektionen ist die Katzenschule gut!«

In diesem Moment klopfte es zaghaft an der Tür. »Herein!«, rief Mimi klar und laut. Die Tür öffnete sich vorsichtig, und eine vierköpfige Igelfamilie, Mama, Papa, sehr hübsche, etwas tapsige Zwillinge, kam herein. Mimi machte eine einladende Handbewegung in Richtung der

Bänke. »Bitte, nehmt doch Platz, meine Lieben! Ich hoffe, der Weg hierher war nicht allzu gefährlich.«

»Zum Glück nicht«, sagte Igor, der Igelvater. »Langsam hat es sich in Menschenkreisen rumgesprochen, dass man uns Igel nicht einfach anfahren und auf der Straße liegen lassen kann! Zum Glück hat uns heute ein Boot mitgenommen.« Dankend machte es sich die Igelfamilie in der ersten Bank bequem.

Neugierig schnüffelte Ghirrolino in ihre Richtung. »Wer kommt denn noch?«, fragte er, weil er es wie immer nicht abwarten konnte.

»Du bist zuletzt gekommen, also halt gefälligst den Mund«, verkündete Mimi streng.

»Pardon«, entschuldigte sich Ghirrolino.

Wieder klopfte es, und herein trat, stolz wie eine Hollywood-Diva, ein junges Reh mit schönen weißen Flecken. Auf den zweiten Blick sah Ghirrolino, dass es hinkte.

»Willkommen, liebste Isabella«, sagte Mimi.

»Bitte fangt noch nicht an«, bat das Reh und hielt seine Nase in die Höhe. »Unser Freund Safiro hat das *Vaporetto* verpasst, ist aber schon unterwegs.«

»Und wie soll es jetzt weitergehen?«, fragte Ghirrolino und drehte sich aufgeregt im Kreis.

»Denken ist heute nicht deine Aufgabe. Sieh besser zu, dass du bald deinen Bauch vollkriegst. Äh, unser neuer Freund hat Hunger.«

Mit einem raschen Blick hatte der Igelvater die Situation erfasst, seinen Rucksack geöffnet und eine Tüte Nüsse herausgeholt. »Was man selbst nicht braucht, kann man ja weitergeben. Das ist übrigens ein Prinzip von uns Igeln«, brummte er freundlich und stellte die Tüte mit den Nüssen vor Ghirrolino.

Ein sanfter Windstoß öffnete die Tür zur Lagune, und herein flog eine Eule.

»Guten Abend, Eugenia, wie schön, dass du zu uns gefunden hast!«

Die Eule, der ein Auge fehlte, neigte hoheitsvoll den Kopf und blinzelte mit dem heilen Auge in Mimis Richtung. Gleich hinter ihr hoppelte ein Hase in den Raum.

»Sei willkommen, Safiro, bitte nimm doch in der Nähe des Kamins Platz.«

Safiro sah Mimi dankbar an. Im Herbst wäre er bei einem Ausflug fast einem Pelzjäger in die Fänge gegangen, seine Freundin Eugenia hatte ihn im letzten Moment durch einen mutigen Anflug auf die Schulter des Bösewichts gerettet. Aber seitdem fror er unentwegt, als hätte man ihm wirklich sein wunderschönes Fell abgezogen. Alles psychisch, dachte Mimi, wie bei den Zweibeinern.

Mimi setzte sich in Pose, Ghirrolino machte es ihr sofort nach.

»Bleib ganz entspannt, Ghirrolino, ich erkläre euch jetzt, was ihr von uns Katzen lernen könnt!«

Die ganze Igelfamilie, Isabella, das Reh, die Eule Eugenia und der samtgraue Safiro sahen Mimi respektvoll an.

»Von Katzen?«, fragte Ghirrolino als Einziger ungläubig.

»Ja, du hast richtig gehört, von uns Katzen! Von unsereins können alle Tiere lernen! Im ganzen Tierreich sind wir einmalig: wegen unserer Intelligenz, unserer Hartnäckigkeit, unserem Charme und vor allem unserem Geschick, die Menschen um den Finger zu wickeln!«

Ghirrolino hielt es vor Neugier kaum noch aus und fing wieder an, an seinen Ohren zu ziehen. Mimi beachtete ihn gar nicht und fuhr ruhig fort.

»Liebe Freundinnen und Freunde, wie ihr wisst, müssen wir Tiere uns das ganze Jahr über die Menschen ärgern. Sie bringen kleine Katzen um, ertränken sie im Wasser, essen Kaninchen, berauben sie ihres Fells und überfahren Igel; sie mähen junge Rehe nieder und sind so unvorsichtig mit ihren Schusswaffen, dass unsere Freundin Eugenia bei einem unglücklichen Zusammenstoß sogar ein Auge verloren hat!«

Jedes der anwesenden Tiere nickte zustimmend und erwartungsvoll in Mimis Richtung, gleichzeitig wurden alle von ihren traurigen Erinnerungen überwältigt. Das Reh seufzte, die Igelfamilie kratzte mit den Vorderpfoten, Eugenia, die Eule, schlug in der Erinnerung aufgeregt mit den Flügeln, der Hase schloss die Augen und konnte seine Tränen nicht mehr unterdrücken.

»Wir haben in diesem geschützten Raum schon einige Unterrichtsstunden damit verbracht, um zu lernen, wie man den Menschen aus dem Weg gehen kann. Die wichtigsten Regeln kennt ihr bereits: Nur in der Dunkelheit unterwegs sein, wenn sie schon längst schlafen oder noch nicht aufgewacht sind, sich im Wald verbergen, sich die richtigen Verbündeten unter wohlgesinnten Menschen suchen und vieles andere.«

Isabella, das Reh, hob den gesunden Huf. »Und wir müssen sie immer auf falsche Fährten führen. Das ist meiner Ansicht nach die beste Strategie.«

»Du hast völlig recht«, erwiderte Mimi. »Nur, diese

ganze Strategie zielt darauf ab, dass wir ständig auf der Hut sein müssen. Erfahrene Kriegsstrategen würden sagen, dass wir ständig in der Defensive sind, was ich persönlich sehr anstrengend finde.«

In den Bänken vor dem Kamin war aufgeregtes Rascheln zu hören.

»Aber leider, wie ihr wisst, hatten wir damit nur teilweise Erfolg, weil Menschen einfach verlernt haben, auf die Natur zu achten, das heißt auf uns. Leider gehen Zweibeiner immer ihren eigenen Interessen nach, und die sind meist sehr kurzsichtig.« Wieder seufzte Mimi tief, diesmal aber mit Genuss. »Nun, ihr werdet sicher überrascht sein, aber morgen ist Weihnachten, und anlässlich des Festes, das von Menschen und Tieren begangen wird, habe ich eine Idee entwickelt, die uns das Leben in Zukunft einfacher machen wird.«

»Mimi, sag schon! Du hast eine neue Idee?«, riefen alle gleichzeitig.

»Meine Lieben, morgen zu Weihnachten machen wir den Menschen, die uns am meisten geärgert oder sogar verletzt haben, ein Geschenk, damit sie lernen, wie sie in Zukunft mit uns umgehen sollen!«

»Wie ein Geschenk, den blöden Zweibeinern! Ich würde ihnen allen ein Auge auskratzen!«

»Rache ist schlecht fürs Karma, liebste Eugenia, und du möchtest doch im nächsten Leben wieder eine schöne Eule und kein hässlicher Kuckuck werden!«

»Gott bewahre!«, maunzte Eugenia.

»Deshalb, meine Lieben«, fuhr Mimi fort, »bitte ich euch, mir einfach zu vertrauen. Wir werden sie durch unsere Freundlichkeit auf unsere Seite ziehen! Deshalb machen wir allen, mit denen wir in diesem Jahr zusammengestoßen sind, an Weihnachten ein Geschenk!«

Sofort regte sich im Raum heftiger Protest.

»Hast du vergessen, was uns die Zweibeiner angetan haben?«, fragte das Reh und rieb sein kaputtes Knie. Was hatte es sich schon geärgert über Menschen, die Rehe im hohen Gras übersahen! So dumm konnte man doch gar nicht sein.

»Isabella, es nutzt nichts, sie zu strafen. Wir müssen sie auf unsere Seite ziehen, um solche Unfälle ein für alle Mal zu verhindern. Was sie lernen müssen, ist Aufmerksamkeit!«

Als das heftige Rascheln nicht aufhören wollte, griff Igor, der Igelvater, mit seiner sonoren Stimme ein. »Leute, hören wir unserer Freundin Mimi doch erst einmal zu. Wir haben das ganze Jahr von ihrer Erfahrung und Freundschaft profitiert, ich finde, sie hat unser uneingeschränktes Vertrauen verdient!«

»Ja, Mimi hat es verdient!«, ging es kreuz und quer durch den Raum. Der Hase sagte immer noch nichts, hatte sich aber daran gemacht, neue Holzscheite aufzulegen. Mimi machte ein paar Schritte auf den Kamin zu und zog einen Jutesack hervor. Sie wühlte ein bisschen darin.

»Hier, seht mal, was ich gefunden habe: Das ist ein Buch über Igel für die Familie, die unseren Igor erst verletzt, aber dann ihn und seine Lieben aufgenommen hat!«

»Die waren lernfähig und am Ende auch ganz nett!«, fand Igors Frau. »Ja, und sie besitzen ein Feld mit dichten Hecken, die Igeln Unterschlupf gewähren. Sie sind eine große Ausnahme unter den Menschen, und ich finde, wir sollten sie als gutes Beispiel loben. Igor, wärst du bereit, das Geschenk auf den *Vignóle* vorbeizubringen?«

»Aber natürlich, Mimi, du weißt doch, dass ich dir nie etwas abschlagen würde! Zumal die Felder von *le Vignóle* einer meiner Lieblingsorte sind. So viel Grün gibt es sonst nirgendwo, auch wenn man ein bisschen fahren muss.«

»Gut. Dann bring es bitte morgen vorbei. Sie können in dem Buch lesen und es ihren Nachbarn leihen, sodass möglichst viele von diesem Geschenk profitieren. Die paar Leute, die da leben, kennen sich ja gut. Und nun zu dir, liebe Isabella. Wie wir wissen, mögen Menschen Rehe besonders, weil sie auch in ihren Märchen vorkommen, obwohl ich persönlich den Namen ›Bambi‹ völlig unpassend finde. Ich würde vorschlagen, du, Isabella, klingelst bei dem Bauern auf *Sant' Erasmo*, der dich angefahren hat, und schenkst ihm eine rote Mütze. Da er ein ziemlich dummer Bauer ist, halte ich ihn für kaum lernfähig. Mit einer gut sichtbaren Mütze, an die eine Lampe angenäht ist, können die Rehe ihn sehen, wenn auch nicht umgekehrt. Das wäre schon mal der erste Schritt.«

»Und ich? Und ich?«, rief Eugenia aufgeregt. »Erinnert ihr euch, was der Jäger auf *Torcello* mir angetan hat?«

»Ja, liebste Eugenia, und deshalb wird dir eine besondere Aufgabe zuteil.« Mimi kramte in dem Jutesack. »Du wirst dem Jäger drei goldene Kugeln schenken und wirst ihm sagen, dass sie zum Spielen für seine drei Töchter bestimmt sind. So wird er lernen, dass man mit Kugeln auch noch etwas anderes machen kann als schießen, mit goldenen Kugeln zumal.«

»Ein Geschenk? Für jemanden, der mich fast umgebracht hat?«

»Genauso ist es, liebste Eugenia. An allen Ecken unserer Welt herrscht Krieg, wie ihr von vielen unserer Artgenossen in traurigen Augenzeugenberichten erfahren habt. Und deshalb werden wir hier in der Weihnachtskatzenschule den ersten Schritt zum Frieden tun und auf unser Gegenüber zugehen. Denn es macht keinen Sinn, wenn die Gewalt immer weitere Kreise zieht.«

Eugenia blickte mehr als überrascht. Es war ihr völlig neu, dass man mit Geschenken böse Menschen besänftigen konnte. Dem blöden Jäger jedenfalls hätte sie am liebsten beide Augen ausgehackt. So manche Nacht hatte sie im Sommer vor seinem offenen Schlafzimmerfenster gelauert und Rachepläne geschmiedet.

»Und nun zu dir, lieber Safiro: Hier, nimm, das ist ein warmer Pullover in der Farbe deines wunderschönen Fells, damit dein ungeschickter Jäger im Winter seinen gichtgeplagten Rücken wärmen kann. Dann wird er hoffentlich nicht mehr auf unschuldige Hasen schießen und ihnen das Fell abziehen.«

»Keine leichte Aufgabe, liebste Mimi. Ich fürchte, er wird, sobald er mich sieht, wieder auf dumme Gedanken kommen.«

»Dann lass dich von Eugenia begleiten, sie hat dich schon einmal beschützt.«

Alle Tiere hatten nachdenklich die Geschenke in Empfang genommen.

»Und du meinst, es funktioniert, und die Menschen werden sich besinnen?«, fragte Ghirrolino, der sein Glück noch nicht fassen konnte, einer so klugen Katze begegnet zu sein.

»Ich bin fest davon überzeugt«, antwortete Mimi. »Auch, dass es für uns die einzige und beste Möglichkeit ist.«

»Heißt es nicht, Gleiches mit Gleichem vergelten?«, fragte Eugenia, noch nicht ganz überzeugt.

»Das waren die Weisheiten unserer Ururgroßeltern, aber in unserer Welt funktionieren sie nicht mehr.« Mimi holte tief Luft. »Die Welt ist voller Kriege und Streitereien, und einen Versuch ist es wert. Wir sind ohnehin an einem Punkt, an dem es nichts mehr zu verlieren gibt. Ihr wisst doch, dass wir Tiere – wir Katzen dachte sie, behielt es aber für sich – klüger als alle anderen Lebewesen sind.«

Nach der anstrengenden Versammlung mit den vielen neuen Ideen hielten sich alle bis zum Morgengrauen in dem wohlig erwärmten Schulzimmer auf. Die Eule erzählte von ihrer Jugend, als sie mit ihrer Großfamilie auf die Lazarettinseln flog und Picknick machte; das Reh erzählte von seiner weitläufigen Familie, die nach *Sant' Erasmo* mit seinem wohltuenden Grün ausgewandert war, und der Hase berichtete, dass er sich am Neujahrstag endlich verloben wollte. Seine Verlobte hatte lange gezögert, weil er ein so ängstlicher Hase war. Ghirrolino erzählte, wie schön Winterschlaf war und dass er deshalb leider, leider, niemanden von den anderen bei den Aufträgen für Weihnachten begleiten konnte.

Als es hell wurde, legte sich Mimi in einen Lehnstuhl vor dem Kamin, während die anderen Tiere frisch gestärkt ausströmten, um ihre Aufträge zu erfüllen. Ghirrolino hatte mit allen Freundschaft geschlossen und versprach, sich im kommenden Frühjahr, wenn er richtig wach war, ganz genau die Wirkung der besonderen Geschenke anzusehen. Vielleicht würde er mit seinen wachen Augen, zusammen mit Mimi, in Zukunft der Wächter des Friedens sein, zumindest auf den Inseln der Lagune. Bald war Weihnachten, und wer weiß, was mit dem Beispiel von Mimis Tierschule vor Augen noch anderswo in der Welt geschah.

RENÉE LEGRAND
Katzenjammer

»Murr ist weg, Mama! Und Mizzi auch. Ich habe sie seit Tagen nicht gesehen«, weint Yvonne.

»Die sind sicher auf Tour, das machen sie doch öfter. Die kommen schon wieder.«

»Sie haben auch ihr Futter nicht angerührt. Ich hab schon überall gesucht, hoffentlich ist ihnen nichts passiert.«

»Es gibt hier doch kaum Autos, Yvonne, und wenn sie überfahren worden wären, hätten die Nachbarn schon längst Bescheid gesagt. Lass uns bis morgen warten, wenn sie dann nicht da sind, hängen wir in der Nachbarschaft Zettel auf. Dafür können wir das Foto nehmen, wo sie beide auf dem Apfelbaum sitzen.«

Doch Yvonne ist kaum zu trösten. Noch nie waren die Katzen so lange weg, da muss etwas passiert sein.

»Wir brauchen Nachschub, Anton«, ruft Dr. Nina Albers ihrem Mitarbeiter zu. »Es fehlen noch ungefähr fünf.«

»Das sind verdammt viele.«

»Das sollte kein größeres Problem sein. Alle anderen hat dein Vorgänger beschafft. Du weißt, was du zu tun hast. Bis zur Weihnachtspause wollten wir mit dem Material so weit sein, dass wir gleich nach dem Fest mit den Experimenten beginnen können. Es sind nur noch zwei Wochen bis dahin. Jetzt ist Eile geboten. Die Tiere müssen gut vorbereitet und in Form sein«

»Woher so schnell fünf Katzen kriegen?«

»Sieh mal in meinem Adressbuch nach. Axel Kemming und Mathilde Schwarz, das sind unsere Besten. Sie hassen Katzen, brauchen Geld und sind deshalb immer am schnellsten.«

Seit Anton bei Nina arbeitet, hatte er noch keinen freien Tag, von den Abenden ganz zu schweigen. Doch er ist froh, die Stelle bekommen zu haben, die Konkurrenz ist riesig, und er will einmal zu den Großen seines Fachs gehören. Acht-Stunden-Tage oder weniger hat er sich schon lange aus dem Kopf geschlagen. Spätestens als ein Professor, dem er ankündigen wollte, dass seine Doktorarbeit aus Zeitmangel zu spät fertig würde, zu ihm sagte: »Man hat immer Zeit genug. Der Tag hat vierundzwanzig Stunden, und wenn das nicht reicht, nehmen Sie noch die Nacht dazu.«

»Gut, ich kümmere mich«, sagt Anton mit einem leichten Seufzer.

»Denk auch daran, genügend Mäuse zu ordern, wir müssen bei so knappen Ressourcen alle bei der Stange halten.«

Alle Katzen im Labor sind in bestem Zustand, sie müssen gut ernährt werden. Schwächliche Tiere sind ungeeignet, sie würden frühzeitig sterben.

Schon lange sind Axel und Mathilde ein Paar und teilen sich eine winzige Wohnung unterm Dach. Sie haben beide vor zwei Jahren Abitur gemacht und wissen nicht, was sie mit ihrem Leben anfangen sollen. So schlagen sie sich mit Gelegenheitsjobs durch. Besonders lukrativ sind die Aufträge der Firma Yvamed: 200 Euro pro Katze. Seit dem Treffen mit dem Typ aus dem Labor haben sie schon fünf geliefert, dabei kommt eine Last-Minute-Ferienreise raus, perfekt für ein sonniges, exotisches Weihnachtsfest. Nichts wie weg aus dem trüben Winter im Norden.

Murr und Mizzi sind immer noch nicht wiedergekommen. Aber sie sind nicht die Einzigen. Auch Viola und Peter vermissen ihre Katzen.

»Seit wann sind eure weg?«, fragt Yvonne auf dem Schulhof.

»Seit vier Tagen. Abends hat Igor noch gefressen, dann habe ich ihn nicht mehr gesehen. Und morgens lag auch keine tote Maus vor der Tür wie sonst. Weit und breit keine Spur von Igor.«

»Ja, Tiger und Kleo sind auch schon so lange weg.«

»Fünf auf einmal, wie seltsam ist das denn.«

»Na, ihr seht ja so ernst aus? Gibt es ein Problem?«, fragt die junge Referendarin Maja Felchner, die heute Pausenaufsicht hat.

»Unsere Katzen sind seit vier Tagen spurlos verschwunden, alle zur gleichen Zeit«, sagt Viola. »Wir wohnen in derselben Siedlung, Verkehr gibt es da kaum.«

»Auch auf unsere Suchzettel hat keiner reagiert. Die Katzen sind wie vom Erdboden verschluckt.«

»Das ist ja merkwürdig! Vor allem, dass es so viele auf einmal sind. Waren sie vielleicht krank, oder haben sie etwas Bestimmtes gefressen?«

»Nein, es war wie immer, es ging ihnen gut. Sie waren ja nachts draußen, kamen aber morgens immer durch die Klappe wieder rein«, erklärt Peter.

»Katzen sind autonome Wesen, eigentlich finden sie

den Weg nach Hause, aber dass sie so lange wegbleiben, ist schon ungewöhnlich. Haltet mich auf dem Laufenden!«, sagt Frau Felchner.

»Gut gemacht, Anton, die Tiere scheinen inzwischen ganz zufrieden zu sein, sie fressen ordentlich. Jetzt können sie sich einleben und gleich nach Weihnachten legen wir los. Ab morgen sollten sie voneinander isoliert werden, jede in ihre Unterkunft.«

»In Einzelhaft meinst du wohl«, sagt Anton sarkastisch.

»Du kannst sie vorher ein bisschen sedieren, dann kriegen sie es nicht so mit. Und sei nicht so sensibel. Man gewöhnt sich schnell dran«, erwidert Nina.

»Wozu das alles?«

»Wenn wir die Sache durchziehen, können wir das neue Medikament in einem Jahr an Menschen erproben. Das wäre ein super Erfolg. Der Beginn einer tollen Karriere für dich.«

»Um einen hohen Preis.«

»Was redest du da?«, fragt Nina kopfschüttelnd.

»Ich gehe heute mal früher, ich bin etwas k.o., war ja ein ganz schöner Aufwand, die Katzen in der Nacht herzubringen.«

»Aber sei morgen pünktlich, wir müssen früh anfangen. Zeit ist Geld. Und ohne Geld keine Forschung …«

In der Siedlung hängen seit Tagen kleine Plakate mit einem Foto von Kater Murr und Katze Mizzi. Der Text endet so: *»Bitte helft mir, meinen Kater und meine Katze zu finden, ich bin ganz verzweifelt, Yvonne Heimann.«*

»Hat jemand Ihre Katzen gefunden?«, fragt der Postbote, der gerade ein großes Weihnachtspaket ausliefert, Yvonnes Mutter.

»Nein, leider nicht. Das ist eine kleine Katastrophe. Meine Tochter ist total traurig und isst kaum noch was.«

»Seltsam«, meint der Postbote, »inzwischen hängen noch weitere Schilder in den Straßen. Da sind wohl noch mehr Katzen verloren gegangen. Eine heißt Igor, eine Tiger und eine dritte Kleo.«

»Ja, meine Tochter hat es erzählt. Die gehören Klassenkameraden von ihr.«

»Fünf Katzen und alle im selben Viertel, ein merkwürdiger Zufall, finden Sie nicht?«

»Ja. Das ist schon komisch. Ich hoffe nur, dass wir sie bald finden werden, die Leute haben schließlich vor Weihnachten anderes im Kopf, als nach Katzen zu suchen.«

Endlich hat Anton mal wieder Zeit, in der *Eule,* der Eckkneipe am Bergischen Platz, essen zu gehen. So allein macht es ihm zwar wenig Spaß, aber keiner seiner Freunde hatte spontan Zeit mitzukommen. Es ist schon hart, wenn man sein Privatleben nie richtig planen kann. Die junge rothaarige Frau am Nachbartisch schaut schon seit einer Weile zu ihm herüber. Anton muss an eine der fünf neuen Laborkatzen denken, die ein rotes Fell hat.

»Haben Sie eine Katze?«, fragt er sie.

Die junge Frau schaut überrascht, antwortet aber: »Natürlich, ich hatte immer Katzen. Meine jetzige ist besonders schön. Rabenschwarz mit einem kleinen weißen Fleck auf der Brust, ganz süß.«

Anton seufzt.

Er hat seine Paella aufgegessen, aber noch keine Lust, nach Hause zu gehen. Vielleicht könnte er mit der Frau noch etwas trinken gehen? Warum eigentlich nicht?

»Darf ich mich vorstellen? Anton«, sagt er.

»Silvia«, antwortet sie freundlich.

Nina schreibt an ihrem Arbeitsprotokoll, sie ist zufrieden und freut sich, dass sie bald mit einem guten Gefühl in ihren kurzen Weihnachtsurlaub aufbrechen kann. »Bisher alles entsprechend den Erwartungen gelaufen«, endet ihr Bericht an den Chef der Firma. »Und danke für die frühen Weihnachtsgrüße.« Offenbar haben die vom Vorstand einen längeren Urlaub geplant und vorher noch alles getan, um die Mitarbeiter bei Laune zu halten.

Eine Flasche Sekt mit einer eleganten goldumrandeten Karte.

»Frohe Weihnachten, alles Gute im neuen Jahr und Dank für Ihren Einsatz für unser Unternehmen.«

Axel und Mathilde packen ihre Rucksäcke. Die Arbeit hat sich gelohnt, für fünf gefangene Katzen zwei Wochen Marokko, wo es warm ist und man sich das ganze Weihnachtsgetue ersparen kann.

»Ich finde Weihnachten das Letzte, ein Glück, dass wir dann weg sind«, sagt Mathilde. »Die erwarten zu Hause, dass man kommt, warum bloß? Ich hab doch auch sonst mit denen nichts am Hut. Außerdem wird es jedes Jahr langweiliger mit den Verwandten.«

»Ein bisschen schade finde ich es schon, ich treffe dann

immer meine Geschwister, aber das mit Marokko finde ich so reizvoll, da verzichte ich gern mal auf Weihnachten.«

»Ich bin super happy, dass wir abhauen!«

Mathilde umarmt Axel fest. Dann verlassen sie ihre kleine Dachwohnung Richtung Flughafen.

Anton war schon ewig nicht mehr mit einer Frau unterwegs, und die rothaarige Silvia, von Beruf Osteopathin, ist alles andere als langweilig. Sie hat ein schönes Temperament, vor allem, wenn von Politik die Rede ist.

»Ich will ja nichts sagen, aber deine Haarfarbe passt nicht schlecht zu deinen politischen Ansichten.«

»Denk bloß nicht, du bist der Erste, der diesen Witz macht.«

Um zwei Uhr morgens reden sie immer noch, und als Silvia sich beim Abschied neu verabreden will, sagt er:

»Ich weiß gar nicht wann, ich bin total mit Arbeit zu, ich habe kaum frei.«

»Dann komm wenigstens heute noch auf einen Drink zu mir«, schlägt sie vor.

»Dieses Jahr freue ich mich kein bisschen auf Weihnachten«, sagt Yvonne traurig und ein wenig trotzig, »Peter und Viola auch nicht, wir wollen nur unsere Katzen wiederhaben.«

»Wir tun, was wir können, Yvonne, aber ich kann dir nicht versprechen, dass wir die Katzen wiederfinden. Lenk dich mit anderen Gedanken ab. Hast du schon deinen Wunschzettel geschrieben? Den geben wir an den Weihnachtsmann weiter.«

»Ha ha, doofer Witz, mich interessieren Geschenke nicht.«

»Aber das Fest vorzubereiten hat dir doch immer Spaß gemacht. Plätzchen backen, Weihnachtsschmuck basteln … Apropos, wir brauchen noch ein paar schöne Sterne für den Baum, die könntest du doch machen. Und gleich nach den Feiertagen fahren wir dann nach Österreich zum Skilaufen, das wird bestimmt sehr schön.«

»Ich will die Katzen!«

»Ich weiß, aber wie wollen wir sie finden, wenn sich keiner meldet.«

»Fünf Katzen sind es, die alle hier ganz in der Nähe wohnen. Das ist doch seltsam. Ich hab schon überlegt, ob sie vielleicht geraubt wurden.«

»Yvonne, wie kommst du denn auf so was? Das glaube ich nicht, es gibt doch überall Katzen, eher zu viele als zu wenig. Die klaut doch keiner. Was soll einer mit fünf Katzen anfangen?«

»Keine Ahnung, aber eins steht fest: Ohne Murr und Mizzi will ich nicht Weihnachten feiern«, sagt Yvonne.

Als Anton am Morgen aufwacht, muss er sich erst orientieren. Es riecht nach Kaffee, aber er war noch gar nicht in der Küche. Er öffnet weit die Augen und sieht, wie eine Frau mit einem Tablett ins Schlafzimmer kommt. Ist das ein Traum?

»Guten Morgen, Anton.«

Jetzt erinnert er sich leise.

»Guten Morgen«, sagt er verwirrt, »ich bin offenbar gestern hiergeblieben. Es muss wohl sehr spät geworden sein.«

»Ja, es kam mir etwas riskant vor, dich mit besoffenem Kopf auf dem Fahrrad nach Hause fahren zu lassen. Du hattest nichts dagegen, hier zu schlafen. Ich hab auf dem Sofa gepennt.«

Frühstück am Bett, frischer Orangensaft, eine bunte Brötchenmischung, Marmelade und Honig, köstlich. Es kommt Anton paradiesisch vor. Was für eine nette Frau, wie hieß sie noch? Ach ja, Silvia.

Während sie ihr Frühstück genießen, kommt schnurrend ein schwarzes Kätzchen ins Zimmer.

»Das ist Pit, mein kleiner Kater. Ein ganz süßes Kerlchen.«

Anton sieht Silvia verwundert an.

»Findest du das wirklich? Ich meine, wozu sind solche Katzen gut? Dein Pit braucht keine Mäuse zu fangen, er bekommt Trockenfutter und hat sonst nichts zu tun.«

»Katzen sind einfach wunderbar, so autonome Wesen, so stolz und trotzdem anhänglich. Ich könnte Pit stundenlang beobachten und fühle mich in seiner Nähe sehr wohl.«

»Sehr nützlich sind Katzen aber nicht.«

»Nützlich, wozu auch?«

»In der Pharmaforschung vielleicht. Man kann an ihnen alles Mögliche erproben. Zum Beispiel neue Medikamente, bevor man sie an Menschen testet. So tragen sie zum medizinischen Fortschritt bei.«

Anton verschweigt, dass er selbst in der Pharma-Forschung arbeitet. Vielleicht aber wäre hier ein neues Objekt für sein Labor. Aber er ist lieber vorsichtig.

Zu Recht, denn Silvia, bisher sanft und zurückhaltend, fährt fast aus der Haut. »Das nennst du Fortschritt? Das ist kapitalistische Ausbeutung, und jetzt auch noch von

Tieren! Die armen Katzen, sie werden gequält und dann umgebracht. Nur damit die Menschen älter und älter werden, wozu das alles?«

Anton entgegnet lieber nichts. Er findet Silvias Reaktion zu heftig, zu radikal, will sich aber nicht mit dieser sympathischen Rothaarigen anlegen, die ihm auch heute Morgen wieder richtig gut gefällt.

Nach dem Frühstück verabschiedet er sich freundlich, dankt ihr für die Herberge, betrachtet sie noch einmal genau, die grünen Augen, die roten Locken, ihr Lächeln. Dann macht er sich auf ins Labor. Er ist spät dran.

»Abends bin ich oft in der Kneipe, schau mal wieder vorbei«, ruft ihm Silvia nach, als er schon im Treppenhaus ist.

Seltsam, denkt Anton. Ich hätte tatsächlich Lust, sie wiederzusehen. So einer Frau begegnet man nicht jeden Tag. Keine meiner früheren Freundinnen hatte so viel Charme.

Draußen ist es glatt, denn es hat in der Nacht geschneit. Im Radio spekuliert man über weiße Weihnachten, und Yvonne sagt zu ihrer Mutter:

»Wenigstens Schnee soll es Weihnachten geben. Aber was nützt das, wenn Murr und Mizzi nicht draußen herumlaufen können? Vielleicht sind sie längst erfroren oder verhungert. Es ist jetzt schon mehr als zwei Wochen her, dass sie weg sind.«

»Ich glaube, du musst dich damit abfinden, dass sie nicht wiederkommen, so traurig das ist«, sagt ihr Vater.

»Wenn wir sie nicht wiederfinden, gibt es für mich dieses Jahr kein Weihnachten«, sagt Yvonne heftig. »Auch Peter und Viola wollen auf keinen Fall Weihnachten feiern.«

Ihre Eltern sehen einander ratlos an.

»Ich komme heute nicht zum Mittagessen. Wir gehen mit Peter und Viola nach der Schule noch mal los, um sie zu suchen.«

Nina hat den Bericht für den Vorstand fertig geschrieben und ist mit sich und Anton sehr zufrieden. Aber wo ist er eigentlich? Es ist schon nach neun und er ist immer noch nicht da. Sie wirft einen Blick nach draußen und sieht ihn langsam durch den dichten Schnee näher kommen. Was ist los mit ihm? Er ist doch sonst immer so schnell und forsch.

»Guten Morgen, Nina, es tut mir leid, gestern ist es etwas spät geworden und …«

»Das ist kein Grund, erst jetzt zu kommen, wir haben einen genauen Zeitplan, und du weißt, wie viel hier zu tun ist.«

Anton entgegnet nichts, zieht seinen Kittel an und widmet sich der Vorbereitung des Experiments.

Während der Arbeit taucht immer wieder die rothaarige Silvia in seinen Gedanken auf. In der Mittagspause überlegt er, wann er sie wiedersehen könnte. Heute Abend wird er es kaum schaffen, er hat noch einiges nachzuholen, aber morgen vielleicht?

Als er spätabends die Tiere in ihren Käfigen versorgt, muss er an Silvias kleinen schwarzen Kater denken, der frei in ihrer Wohnung herumtollt und über den Balkon nach draußen kann. Wie viel besser geht es Pit im Vergleich zu den Versuchstieren hier im Labor. Er schiebt den Gedanken beiseite, geht nach Hause und fällt todmüde ins Bett.

Yvonne, Viola und Peter haben einen Brief an die Nachbarn verfasst und im ganzen Viertel verteilt:

Hilfe! Hilfe! Hilfe!
Vor drei Wochen, am 30. November, sind fünf Katzen aus unserem Viertel verschwunden. Kann das Zufall sein? Hat vielleicht irgendjemand etwas beobachtet? Wir freuen uns über Ihre Hilfe, denn für uns gibt es dieses Jahr kein Weihnachten, wenn unseren Katzen etwas zugestoßen ist.

Drei Tage später klingelt es spätabends bei Yvonnes Familie an der Haustür.

»Um diese Uhrzeit? Wer kann denn das sein? Ich gehe mal nachsehen«, sagt Yvonnes Vater.

Ein schüchterner junger Mann mit grünen Augen und dunkelblondem Haar steht an der Tür.

»Ich nicht stören, Entschuldigung, aber ich habe gehört, dass Katzen weg. Einmal in der Nacht ich von Arbeit zurück und Schreien von Katzen gehört. Zwei Leute mit Kapuze und Säcken da waren. Ich mich verstecken und gesehen, Leute Säcke in ein Auto geworfen und weggefahren …«

»Kommen Sie doch bitte rein und erzählen Sie uns das genauer. Wie heißen Sie, wo wohnen Sie?«

»Mein Name ist Igor Rogoschin. Ich aus Russland und arbeite in Fabrik.«

»Wo haben Sie denn die Leute gesehen?«

»An Ecke von Ihre und meine Straße. Ich dort hinten wohne, in Zimmerstraße.«

Herr Heimann macht sich Notizen und schreibt sich

Igor Rogoschins Adresse auf. »Vielen Dank, dass Sie vorbeigekommen sind. Wenn wir etwas erfahren, melde ich mich bei Ihnen.«

»Bitte gern, *do swidanja*«, sagt Igor Rogoschin und verschwindet in der Nacht.

Anton ist früh aufgestanden. Er möchte heute zeitig mit der Arbeit anfangen, um abends Silvia in der *Eule* zu treffen.

Gegen 20 Uhr ist er mit der Arbeit fertig und verabschiedet sich von Nina.

»Du gehst schon so früh?«

»Alles ist fertig für morgen, auch die Tiere sind versorgt.«

Nina sieht ihm erstaunt nach. Normalerweise verlässt Anton das Labor nie vor 22 Uhr.

In der *Eule* sucht er zunächst vergeblich nach Silvia, dann entdeckt er sie in einer Gruppe von Leuten, die heftig diskutieren. Silvia hat einen hochroten Kopf und legt sich gerade mit einem jungen Mann an, der anderer Meinung zu sein scheint als sie.

»Der Neokapitalismus ist wesentlich schlimmer und keineswegs zivilisiert!«, ruft sie laut.

Anton nähert sich der Gruppe. Als Silvia ihn entdeckt, springt sie auf und kommt ihm eilig entgegen.

Beide umarmen sich fest, sehen sich in die Augen, lächeln, halten sich an den Händen und lassen sich nicht mehr los.

»Komm mit zu mir, ich wohne ja gleich hier«, sagt Silvia. »Wenn du Hunger hast, ich hab noch Spaghetti zu Hause.«

Anton folgt ihr, als sei es das Selbstverständlichste auf der Welt.

Keiner von beiden denkt ans Essen. Noch nie war Anton so verliebt. Erst nachdem sie sich ganz nahe gekommen sind, ein paar Stunden nichts als Liebe, verspüren sie Hunger.

Während sie ihre Pasta essen, liegt Pit auf dem Sofa und leckt sein Fell.

»Er ist heute Nacht gar nicht draußen. Meistens ist er um diese Zeit unterwegs. Er springt vom Balkon in den Baum und gelangt von dort in sein Revier im Park. Da findet er alles, was sein Herz begehrt. Meistens kommt er morgens müde zurück und pennt dann erst mal.«

Je mehr Silvia von Pit redet, desto verwirrter ist Anton.

Wie soll er dieser Frau, von der ihn nichts mehr trennen soll, je beibringen, was für eine Arbeit er macht?

Beide sind so verliebt, dass es nach dem Essen für sie nur eins gibt: die Nacht gemeinsam zu verbringen.

In der Polizeistation scheint grelles und zugleich fahles Neonlicht.

»Immer wieder bekommen wir solche Beschwerden, aber wir gehen der Sache nie weiter nach. Unter uns gesagt, wir kennen doch alle Yvamed und wissen, dass sie ein Versuchslabor betreiben. Aber bis jetzt ist noch nie jemand mit einer Klage gegen das Unternehmen durchgekommen. Deshalb rate ich Ihnen: Lassen Sie die Finger davon. Eine Anzeige gegen Unbekannt bringt sowieso nichts. Es wird zu nichts führen. Wir haben noch nie einen Katzendieb dingfest gemacht, diese Leute sind viel zu schlau.«

»Wenn es nur um Katzen ginge … aber es geht um die Kinder. Sie sind kreuzunglücklich. Stellen Sie sich mal das

Weihnachtsfest vor, wenn sie weinend dasitzen und ihren Katzen nachtrauern.«

»Da kann ich Ihnen leider nicht weiterhelfen. Wir wissen, dass immer wieder Katzen verschwinden, aber es gibt doch mehr als genug davon. Besorgen Sie den Kindern zu Weihnachten neue. Es gibt im Nachbarort ein Tierheim. So kommen Sie am schnellsten dran.«

Verärgert verlässt Yvonnes Vater die Polizeistation. Wie soll er seiner Tochter beibringen, dass die Polizei nichts unternimmt?

Auf dem Nachhauseweg rutscht er beinahe auf dem Bürgersteig aus. Glatteis, also vielleicht doch weiße Weihnachten? Zugefrorene Teiche? Vielleicht können sich die Kinder mit Schlittschuhlaufen trösten.

Plötzlich fällt ihm ein, dass er seinen Freund bei der Zeitung anrufen könnte. Arnold Held macht die Panoramaseite. Zwar sagt er immer, die meisten kleinen Geschichten interessierten niemand, aber probieren kann er es.

Arnold sagt ihm, er solle vorbeikommen, in der Redaktion sei sowieso nichts los, typische Saure-Gurken-Zeit vor Weihnachten und von Knochenbrüchen wegen Glatteis habe er mehr als genug.

Als ihm Yvonnes Vater die Katzengeschichte erzählt, horcht er auf.

»Hast du Yvamed gesagt? Tierversuche? Verschwundene Katzen? Darüber könnte ich was schreiben. Und wenn es nur dazu dient, die von der Yvamed ein bisschen aufzumischen. Und wer weiß, vielleicht melden sich ja ein paar Leser, die irgendwas wissen.«

Maja Felchner liest beim Frühstück die Panoramaseite, für Politik ist sie um diese Zeit noch zu müde.

Verschwundene Katzen. Es folgt ein kleiner Artikel, und manches kommt ihr bekannt vor.

Später in der Pause sucht sie auf dem Schulhof nach Yvonne, Peter und Viola und zeigt ihnen das Blatt.

»Yvamed? Experimente? Mit unseren Katzen?«

Noch am selben Nachmittag stehen an die zwanzig Kinder mit Plakaten vor der Firma. *Schluss mit der Tierquälerei! Unsere Katzen sind keine Versuchsobjekte! Pharmaforschung ist grausam!*

»Hast du das gesehen, Anton? Guck mal aus dem Fenster!«

Als Anton die Kinder mit den Plakaten sieht, kommt ihm auch seine ganze persönliche Misere in den Sinn. Er liebt Silvia, und Silvia liebt Katzen. Wenn sie das erfährt, dass er in der Pharmaindustrie arbeitet und kurz davor steht, mit gestohlenen Katzen Experimente zu machen – dann ist ihre Geschichte zu Ende, das weiß er genau. Noch nie hat er eine Frau so geliebt. Er will, er kann, er darf sie nicht verlieren. Was soll er bloß tun? Was für ein Dilemma. Er muss seinen Lebensunterhalt verdienen und hat hier eine gut bezahlte Stellung.

»Ich geh mal eben an die frische Luft. Ich fühl mich nicht so gut.«

Erstaunt sieht Nina ihm nach. Was hat er bloß? Er ist plötzlich so verändert.

Draußen geht er zu den Kindern. »Was ist passiert?«

»Bist du etwa von der Yvamed? Liest du keine Zeitung? Die haben unsere Katzen geraubt, ich meine, vielleicht, aber es kann gut sein. Wenn das diese Firma hier war, werden unsere Tiere für Experimente missbraucht. Wir wollen unsere Katzen wiederhaben.«

Anton ist tief erschrocken. Er eilt zum nächsten Kiosk, kauft eine Zeitung und hält sie Nina unter die Nase.

»Kenn ich schon. Der Vorstand hat einstweilige Verfügung wegen Verleumdung beantragt. Morgen ist die Geschichte wieder aus der Presse raus. Alles halb so wild. Das passiert alle paar Jahre und wird dann wieder vergessen.«

Anton schweigt. Als er sich dann für den Rest des Nachmittags freinimmt, versteht Nina die Welt nicht mehr.

»Abends bist du aber wieder hier, du weißt ja, die Tiere müssen versorgt werden.«

Anton hat nur einen Gedanken. Er muss mit Silvia reden. Er muss ihr endlich reinen Wein einschenken. Er möchte nicht, dass etwas zwischen ihnen steht. Er weiß, er riskiert dabei, sie zu verlieren. Aber ihr nicht die volle Wahrheit zu sagen, erträgt er nicht länger.

Atemlos erreicht er die Praxis für Osteopathie. Eine Mitarbeiterin öffnet ihm. Silvia habe noch zwei Patienten, danach habe sie Zeit.

Anton geht durch die Hauptstraße und sieht all die bunt geschmückten Läden.

Weihnachten! Er hatte es völlig vergessen. Er denkt an seine beiden Patenkinder, seine Eltern und Geschwister. Die Schwägerin und den Schwager. Er hat noch kein einziges Geschenk gekauft.

Er hat ja auch wirklich andere Sorgen. Jetzt bleibt ihm noch eine gute Stunde, und er kauft alle Geschenke mit einem Schlag. Veronika ist eine seiner Verflossenen, ihr gehört die kleinste Buchhandlung der Stadt. Sie freut sich, ihn wiederzusehen. Er trinkt mit Veronika Tee. Ihr neuer Freund, so erzählt sie ihm glücklich, sei Beamter und habe mehr Zeit für sie, als Anton je hatte. Eine Stunde verlässt er den Laden mit einem Riesenpaket in Glitzerpapier verpackter Bücher. Die Weihnachtsgeschenke. Wenigstens das hat er geschafft.

Silvia mustert ihn erstaunt. Irgendwas muss passiert sein, dass er unangemeldet bei ihr in der Praxis auftaucht.

»Warum bist du so blass?«

»Ich bin ein ganz besonderer Patient, mir tut weder der Rücken weh noch der Nacken, noch die Beine.«

»Was ist es denn dann?«

»Seelenschmerz.«

»Das glaube ich dir nicht, wir sind doch das beste, glücklichste Liebespaar der Welt!«

»Aber es gibt ein ernstes Problem, über das ich bisher nie gesprochen habe.«

»Und damit kommst du jetzt an, so kurz vor Weihnachten?«

»Ich wollte es dir schon seit Tagen sagen, habe es aber nicht übers Herz gebracht.«

»Dann heraus damit, ganz egal, was es ist, vorausgesetzt, du willst dich nicht mit mir über Politik streiten. Wir sind uns doch in diesen Fragen grundästzlich einig, auch wenn du mich etwas zu radikal findest.«

»Ich finde dich nicht zu radikal, ich finde dich ganz wunderbar und du kannst denken und sagen, was du willst. Es geht um mich und meinen Job.«

»Klar, promovierte Biologen sind leider ein bisschen

langweilig, ich frage nie nach deiner Arbeit, weil es mich nicht weiter interessiert. Es gibt genug andere Probleme auf der Welt. Die sind wichtiger. Aber das ist etwas anderes. Ich mag dich, ich liebe dich wie verrückt, dein Job ist mir völlig egal. Und jetzt sag mir endlich, was los ist.«

Anton holt tief Luft, sieht ihr in die Augen und legt sein Geständnis ab.

Silvia sieht ihn erst ungläubig an, reißt die Augen auf, will etwas sagen, schweigt dann aber und bricht schließlich in lautes Lachen aus.

»Ist das grotesk!«, sagt sie dann. »Das ist es wirklich.«

Anton sitzt erschöpft da. Er ist mit den Nerven am Ende.

Silvia umarmt ihn heftig. Sie nimmt seine Hände, sie sieht ihm in die Augen.

»Gibt es etwas Wichtigeres als unsere Liebe? Ist sie nicht stärker als alles? Was ist schon ein Job? Es wäre doch gelacht, wenn du nicht was anderes finden würdest! Dreh diesen Kapitalisten den Rücken zu und such dir was Neues. Hör einfach auf mit diesem Unsinn. Es gibt genug anderes zu erforschen.«

Anton traut seinen Ohren nicht. Er dachte, das Ende ihrer Geschichte sei gekommen, aber Silvia ist kämpferisch, nicht nur, wenn es um Politik geht. Sie liebt ihn offenbar wirklich.

»Lass uns nach einer neuen Arbeit für dich suchen. Gleich nach Weihnachten fangen wir damit an. Dieser Betrieb ist ein kapitalistischer Ausbeutungsladen, es ist sowieso ein großer Fehler, da mitzumachen. Denen sollte man das Handwerk legen, und der erste Schritt dazu ist deine Kündigung.«

Erstaunt sieht Anton Silvia an. Er ist ja froh, dass sie ihm nicht böse ist, aber muss er jetzt gleich zum politischen Akteur werden?

»Guck nicht so überrascht, komm, wir gehen in die *Eule* und gönnen uns eine Pizza.«

Beim Essen fragt sie ihn gründlich über seine Arbeit aus, und während er erzählt, wird ihm immer deutlicher bewusst, dass er beruflich auf einer falschen Fährte ist.

»Als Biologe kannst du doch auch auf anderen Gebieten forschen, da finden wir bestimmt was.«

Dankbar lehnt Anton sich zurück. Der Gedanke, nicht mehr jeden Tag und jeden Abend bei Nina im Labor ackern zu müssen, gefällt ihm.

»Am besten schreibst du gleich heute die Kündigung.«

»Es gibt da noch etwas, was ich vorher erledigen muss.«

Obwohl Yvamed erreicht hat, dass die Zeitung nicht mehr in Zusammenhang mit dem Unternehmen über die verschwundenen Katzen berichten darf, erscheint am nächsten Morgen eine kleine Anzeige:

Yvonne, Peter und Viola suchen ihre Katzen. Eine rote, eine getigerte, eine weiße, eine schwarzweiße und eine graue. Finder bitte melden unter der Nummer …

Yvonnes Eltern schmücken gerade den Weihnachtsbaum, als das Telefon klingelt.

»Guten Tag«, meldet sich eine weibliche Stimme, »ich glaube, ich weiß, wo Ihre Katzen sind. Sie können sie morgen um zwölf Uhr in der Inselstraße 12 bei Herrn Fortuna abholen.«

Yvonnes Eltern sind in heller Aufregung und überlegen, ob sich hier jemand einen bösen Scherz erlaubt hat.

»Seltsam, dass die Frau ihren Namen nicht genannt hat.«

»Morgen? Das ist Heiligabend. Und die Inselstraße ist mitten im Stadtzentrum. Da wird die Hölle los sein, wie schaffen wir das bloß? Und einkaufen müssen wir auch noch?«

»Am besten, wir sagen den Kindern erst mal nichts, damit die Enttäuschung nicht zu groß ist, wenn der Anruf doch nicht ernst gemeint war.«

»Wir sollten uns mit den Eltern von Peter und Viola verständigen. Gemeinsam kriegen wir das hin.«

»Damit wäre Weihnachten gerettet! Was wäre denn das für ein ödes Fest mit traurigen Kindern geworden. Wie groß wird die Freude sein, wenn sie bei der Bescherung ihre Katzen zurückbekommen.«

»Ja, das wird dann die schönste Weihnachtsüberraschung.«

Eins weiß Anton: Er kann die Tiere frühestens am 24. befreien, dann fährt Nina für zwei Tage in den Weihnachtsurlaub. So fährt er morgens mit einem gemieteten Minibus zum Labor. Silvia und Aldo Fortuna, einer von Silvias politischen Freunden begleiten ihn. Obwohl er sie auf den Anblick der gefangenen Katzen vorbereitet hat, sind beide tief erschrocken.

»Hier sind sie, die fünf Katzen«, sagt er ein wenig verlegen.

Rasch nehmen sie die Tiere aus ihren Käfigen und bringen sie zu Aldo.

Pünktlich um zwölf Uhr mittags klingelt es dort.

»Sind wir hier richtig? Haben Sie tatsächlich die Katzen bei sich?«, fragt Herr Heimann, ohne weitere Begrüßung.

Die Freude ist groß, als er die Tiere sieht.

»Sie können sich nicht vorstellen, wie dankbar wir Ihnen sind. Sie haben den Katzen das Leben und der ganzen Familie das Weihnachtsfest gerettet.«

Yvonne ist überglücklich. Was für eine Bescherung! »Das ist mein schönstes Weihnachten überhaupt.«

»Was für ein Glück, dass uns diese Leute geholfen haben«, sagt ihre Mutter. »Da war doch noch der Augenzeuge, der Mann aus Russland, der neulich Abend hier war, weil er die Katzendiebe gesehen hatte. Ohne ihn hätten wir sie nie wiedergefunden. Nicht auszudenken, was mit ihnen geschehen wäre. Wir müssen uns unbedingt bei ihm bedanken.«

Igor Rogoschin ist überrascht, als es gegen 19 Uhr bei ihm klingelt.

»Herr Rogoschin, frohe Weihnachten! Wir möchten Sie gern zum Abendessen einladen. Ihnen haben wir es zu verdanken, dass unsere Katzen wieder zu Hause und die Kinder glücklich sind. Wir sind Ihnen von Herzen dankbar.«

Und so gibt es ein Festmenü für die ganze Familie und Herrn Rogoschin, und natürlich auch für Murr, Mizzi, Tiger …

SABINE TRINKAUS
Mimou macht Mau

Der Braten sieht köstlich aus. Er muss aus dem Ofen, auf die Platte mit dem Goldrand. Dann ins Wohnzimmer zur festlich gedeckten Tafel, auf der die Weingläser im Kerzenschein funkeln. Dort neben dem Baum, diesem wunderschönen, edel geschmückten Baum. Ich habe mir viel Mühe gegeben, denn es sollte perfekt sein, unser erstes Weihnachten in der gemeinsamen Wohnung.

Es könnte perfekt sein, denke ich, während ich da stehe, umgeben von glitzernder Herrlichkeit. Wenn nur die Leiche nicht wäre, diese verdammte, blöde Leiche unter dem Baum.

Ich hasse Katzen. Und Katzen hassen mich. Das ist so, immer schon gewesen. Und Simon wusste das. Ich habe es ihm erzählt, ganz am Anfang, in dieser verliebten Phase, in der man Augen und Finger nicht voneinander lassen kann und alles über den anderen wissen, alles über sich selbst erzählen will, vollkommen besoffen voneinander.

»Ich hasse Katzen«, habe ich da irgendwann gesagt. Und er hat gelächelt und mich so angeschaut, als hätte ich gerade etwas total Niedliches gesagt. Dabei liebt Simon Katzen. Aber mich hat er in diesem Moment eben noch viel mehr geliebt.

Simon liebt Katzen, weil er mit einer aufgewachsen ist. Er ist Einzelkind, und Mimou war wie eine Schwester für ihn. Das hat er mir erzählt, damals, und ich fand das total niedlich. Und es hat sich überhaupt nicht angefühlt, als würden unsere unterschiedlichen Einstellungen zu Katzen irgendeine Rolle spielen. Damals.

Mimou ist ein schöner, wenn auch recht prätentiöser Name für die durch und durch gewöhnliche Katze, die ich dann beim Antrittsbesuch bei Simons Mutti kennengelernt habe. Ich hatte ein edles Rassetier erwartet, mit langem, seidigem Fell, erhabener Haltung und kupferfarbenen Augen. Stattdessen trat mir eine leicht verfettete, stinknormal grau-braun getigerte Katze entgegen, die mir einen schlammfarben-hasserfüllten Blick zuwarf und fauchte. Das ist Mutti natürlich aufgefallen. Aber sie mochte mich ohnehin nicht sonderlich. Simon war halt ihr Sohn, und wir waren gerade zusammengezogen. Ihr war klar, dass die Sache ernst war, und das gefiel ihr nicht. Damit konnte ich leben. Solange ich mit Simon leben durfte, konnte ich mit Muttis Eifersucht umgehen und auch mit Mimou, das ging schon, ab und zu ein paar Stunden.

Aber dann ist sie blöderweise gestorben.

Mutti, nicht Mimou. Ganz überraschend. Sie war kerngesund und gar nicht so alt. Ein bisschen starrsinnig in den letzten Monaten und extrem geizig, wegen galoppierender Inflation und explodierenden Energiepreisen. Sie hat kaum noch geheizt, es war eisig in ihrer Bude. Und Lebensmittel gab es nur noch vom Discounter, allerbilligstes No-Name-Zeug. Sogar für Mimou war Schluss mit ›Premium-Sheba-de-Luxe-Pastete vom zarten Rebhuhn‹, es kam nur noch stinkender Matsch in den Napf. Das hat Mimou noch weniger gefallen als die kalten Heizkörper. Bei unserem letzten Besuch wirkte sie verstimmt bis verärgert.

Aber Mutti ist natürlich nicht an ihrem Geiz gestorben. Sie ist weder erfroren noch verhungert. Es war einfach ein blöder Unfall, sie ist wohl gestolpert, oben an der Treppe.

Für Simon war das ein Schock. Zum Glück hatte er mich, ich war für ihn da, habe alles getan, um seinen Schmerz zu lindern.

Bis zu diesem Abend. »Ich weiß, du magst keine Katzen«, begann er.

»Ich hasse Katzen«, korrigierte ich ihn sanft, in einem warmen und tröstenden Ton, aber da redete er schon weiter: »Es ist nur der Gedanke, dass die arme Mimou jetzt ins Tierheim muss …« An dieser Stelle unterbrach er sich, schniefte und wischte sich die Augen. »Das ertrage ich nicht.« Seine Stimme war erstickt und brüchig. Und ich nickte. Mitfühlend und voller Verständnis.

»Hier bei uns im Erdgeschoss ließe sich das doch lösen«, sagte er dann und klang auf einmal ganz hoffnungsvoll. Darum nickte ich einfach weiter. Obwohl mir Schlimmes schwante.

»Sie kommt ja nicht aus dem Garten, da ist ja die Mauer, ich glaube, das ließe sich machen.«

An dieser Stelle wurde mir klar, dass das Gespräch in eine ungute Richtung ging. Trotzdem nickte ich weiter. Was hätte ich denn tun sollen – bei diesem Blick, bei diesem Ton, den Tränen in den Augen meines geliebten Partners, der um seine Mutter trauert? Ich nickte wie aufgezogen, während er etwas von einem Katzenhäuschen auf der Terrasse erzählte, wo Mimou es schön und gemütlich hätte, derweil wir sie von drinnen mit Futter und Liebe versorgten und auf sie aufpassten. »Das ist doch eine tolle Idee, oder?«

Spätestens jetzt hätte ich mit dem dämlichen Nicken aufhören müssen. Aber was soll ich sagen – es ging einfach nicht. Da hätte ich ihm gleich ein Messer ins Herz stoßen können. So fühlte es sich jedenfalls an.

So zog Mimou also auf die Terrasse, und es funktionierte toll. Fast eine ganze Woche lang, diese letzte Woche in dem außergewöhnlich warmen und trockenen Oktober. Dann kam der November mit kaltem Nieselregen. Und dann kam natürlich auch Mimou. »Mau«, immer wieder »mau«, anklagend und weinerlich. Sie wich nicht mehr von der Terrassentür. Bis Simon sie kurz reinließ, zum Aufwärmen, ein halbes Stündchen, ausnahmsweise.

Mit einem Sprung war sie auf dem Couchtisch. Schaute erst Simon an, voll dankbarer Liebe, dann richtete sie den Blick auf mich und fauchte triumphierend, das rechte Vorderbein gehoben, die Krallen ausgefahren. Simon lächelte. Als hätte sie gerade etwas total Niedliches gemacht. Zwei Tage später baute er das Katzenhäuschen draußen ab und trug es in den Keller. Und das Katzenklo stand ab da in der Küche.

In einer Beziehung muss man Kompromisse machen. Und wenn man seinen Partner aufrichtig liebt, ist es nicht so schwer. Ich habe Simon geliebt, und er hat eben auch Mimou geliebt, die arme alte Katze, die quasi seine Schwester war. Darum habe ich mich mit der Situation arrangiert. Obwohl ich ein bisschen eifersüchtig war. Schon, weil ich das abendliche Kuscheln auf dem Sofa vermisste. Das ging nicht mehr, weil Mimou auch kuscheln wollte. Und zwar mit Simon. Ohne mich. Das hat sie ziemlich deutlich gemacht, so musste ich dann immer auf unserem schicken, aber unbequemen Designersessel sitzen. Irgendwann habe ich mich vorsichtig darüber beklagt. Aber Simon sagte, das sei ja nun wirklich kein Drama, wir lebten ja ohnehin zusammen und müssten nicht ständig aneinanderkleben. Natürlich hatte er recht. Außerdem blieb uns immer noch das Schlafzimmer. Das war tabu für Mimou, wenigstens da war Simon meiner Meinung. Und darum war ich dann zufrieden.

Relativ zufrieden jedenfalls, denn zu der Zeit nutzten wir das Schlafzimmer eigentlich nur noch zum Schlafen. Was allerdings nicht Mimous Schuld war, sondern an Simons Job lag. Er hatte eine neue Chefin in der Agentur, ein neues Projekt dazu, jede Menge Arbeit und Überstunden. Ich fand das schade, denn ich liebte die Weihnachtszeit. Ich hatte mich auf romantische Spaziergänge im Winterwald gefreut, auf gemeinsame Einkaufsbummel und Glühwein auf dem Weihnachtsmarkt. Außerdem hatten wir geplant, uns endlich um die Hochzeit zu kümmern. Aber Simon war seine Karriere wichtig, entsprechend hat er sich reingehängt, und es war kein Wunder, dass er gestresst war und abends hundemüde.

Und dass er manchmal etwas vergessen hat. Anzurufen zum Beispiel, wenn er nicht zum Essen kam. Verständlich, aber trotzdem blöd, weil ich ja immer etwas Gutes gekocht habe für ihn. Darum habe ich das irgendwann mal erwähnt, ganz beiläufig und freundlich. Und das sofort bereut, denn er wurde ziemlich sauer. Spießig fand er das, total einengend, dass ich so etwas sage, so etwas überhaupt denke, und meine Eifersucht gehe ihm auf die Nerven, erst auf die Katze, jetzt auf den Job.

Obwohl ich fand, dass er Äpfel mit Birnen verglich, hatte er grundsätzlich womöglich recht. Dabei bin ich eigentlich gar kein eifersüchtiger Typ. Aber ich war eben auch angespannt. Wegen Mimou. Weil sie, anders als Simon, da war. Immer. Überall. Im Wohnzimmer, in der Küche, sogar im Bad. Unentwegt »mau«, feindselig und nervtötend. Gar nicht zu reden von den Blicken, mit denen sie mich verfolgte.

Aber ich durfte meinen Stress nicht an Simon auslassen.

Darum habe ich auch nichts gesagt, als er morgens immer wieder vergessen hat, die Schlafzimmertür zuzumachen, bevor wir die Wohnung verließen. Es spielte auch keine Rolle. Dachte ich. Bis ich meinen Rock fand. Den, der echt teuer war. Und mir super stand und trotzdem bequem saß. Es war mein absoluter Lieblingsrock. Von dem allerdings nicht viel übrig war, nachdem Mimous Krallen mit ihm fertig waren.

Ich gebe zu, da verlor ich kurz die Fassung. Womöglich heulte ich sogar, weil ich wirklich, wirklich sauer war.

»Jetzt mach nicht so ein Drama, ist doch nur ein Rock«, sagte Simon. »Warum lässt du deine Klamotten auch überall rumliegen? Da kann die Katze ja nichts dafür.« Er klang genervt. »Krieg dich wieder ein. In dem Ding sah dein Hintern sowieso ziemlich fett aus, und du hast eh ganz schön zugelegt.«

Am liebsten hätte ich an dem Abend auf dem Sofa geschlafen. Aber das ging ja nicht, denn das Sofa gehörte längst Mimou.

Am nächsten Morgen tat es mir leid. So schlimm hatten wir noch nie gestritten, und es war ja wirklich nur ein

Rock. Außerdem musste ich zugeben, dass ich nicht die Ordentlichste war. Und womöglich tatsächlich etwas zugenommen hatte. Was wiederum an meinem Stress lag – und an den Weihnachtsplätzchen, von denen ich sehr viele gebacken hatte. Weil mich Backen beruhigte. Und ich hatte auch ziemlich viele gegessen. Weil mich Essen noch mehr beruhigte als Backen.

Ich beschloss, mich nicht länger gehen zu lassen. Mir ein Beispiel an Simon zu nehmen, der sehr auf sich achtete. Er hatte sich einen hippen Vollbart wachsen lassen, sich immer schick angezogen. Und er hatte sich neue Unterwäsche gekauft. Außerdem ging er oft ins Fitnessstudio, achtete auf seine Figur, hatte keins meiner Plätzchen angerührt. Er sah blendend aus, trotz Stress und Überstunden und dieser schlimmen neuen Chefin, die ihm keine ruhige Minute ließ. Ständig kamen Nachrichten aufs Handy. Echt nervig, obwohl sie ganz nett zu sein schien. Abends hat sie ihm manchmal lustige Katzenbilder geschickt. Das habe ich zufällig gesehen. Genau wie Mimou, die prompt fauchte.

Angespannt war Simon trotzdem. Und ziemlich gereizt. Vor allem mir gegenüber. Dabei wollte ich doch, dass er sich entspannt und wohl fühlt in unserem gemeinsamen Zuhause in der Vorweihnachtszeit. Gut, dass mein Urlaub anfing. Ich nehme mir im Advent immer frei. Weil ich die Weihnachtszeit liebe und alles schön haben will. Als Erstes dekorierte ich die Wohnung. Amaryllis und Weihnachtssterne überall, dazu teures, duftendes Potpourri in Schalen. Lichterketten in den Fenstern und viele schöne Gestecke mit roten Kerzen. Ich hatte sogar Wolle gekauft, um Simon einen kuscheligen Schal zu stricken. An dem Abend war ich sehr zufrieden mit mir und bildete mir ein, dass sogar Mimous »Mau« ein bisschen weniger feindselig klang. Aber als Simon nach Hause kam, regte er sich furchtbar auf.

»Bist du total bescheuert?« Empört schüttelte er den Kopf. »Willst du die Katze umbringen? Dieser ganze Kitsch ist eine einzige Todesfalle für das arme Tier!«

Seine Reaktion enttäuschte mich maßlos, aber natürlich hatte er recht, das habe ich am nächsten Tag gegoogelt. Ich hasse Katzen, aber ich bin keine Mörderin. Und darum war ich selbstverständlich bereit, in diesem Jahr ausnahmsweise auf die schöne Weihnachtsstimmung zu verzichten. Nachdem ich die ganze Pracht weggeräumt hatte, wirkte die Wohnung traurig und kahl. Und Mimous »Mau« klang ziemlich schadenfroh. An diesem Abend beklagte Simon sich darüber, dass die ganze Bude nach Katzenklo stinke und alles voller Katzenhaare sei. Davon abgesehen solle ich aufhören, so viel von seinem sauer verdienten Geld für teures Futter auszugeben. Ich fand seinen Ton daneben, und immerhin verdiente ich ebenfalls Geld, doch grundsätzlich hatte er recht. Es roch wirklich etwas streng. Aber Lüften war ja nicht so einfach. Dass gekippte Fenster für Katzen sehr gefährlich sind, hatte Simon mir mehr als einmal erklärt. Stoßlüften war auch schwierig, denn Mimou durfte nicht entwischen, hier in der Stadt mit dem ganzen Verkehr. Also musste ich sie vor dem Lüften einsperren, wogegen sie heftig protestierte, was man an meinen zerkratzten Fußknöcheln, Händen und Armen deutlich gesehen hat. Von da an habe ich das Katzenklo nicht nur drei bis fünf Mal am Tag gesäubert, sondern auch desinfiziert, das hat böse in meinen Wunden gebrannt. Außerdem habe ich täglich gesaugt, damit Simon sich abends nicht über die Katzenhaare ärgern musste. Und ich habe nur noch das billige Futter gekauft. Ich hatte nicht gewusst, dass ein »Mau« derart verächtlich klingen kann. Obwohl ich ihr sämtliche Sorten anbot, weigerte Mimou sich standhaft, das Zeug anzurühren. Erst als sie kurz vor dem Verhungern war, nahm sie doch einen Happen. Und bekam prompt schlimmen Durchfall. Das verschärfte die olfaktorische Lage, weil es sich in erster Linie außerhalb des Katzenklos abspielte. Außerdem wirkte Mimou ziemlich elend und kraftlos. Ich hasse Katzen, aber ich bin kein Unmensch. Darum habe ich wieder das teure Futter gekauft, heimlich und nicht vom Haushaltskonto, um Simon nicht zu verärgern.

Obwohl der das vermutlich nicht mal bemerkt hätte. Wenn er endlich nach Hause kam, hatte er keinen Blick für den Haushalt oder gar mich. Er fläzte sich direkt aufs Sofa und starrte in den Fernseher, lag da mit der schnurrenden Mimou auf dem Bauch. Bis das Handy klingelte und er sie runterschubste. Immer wenn er mit dieser penetranten Suse telefonierte, die offenbar noch nie von Work-Life-Balance gehört hatte, ging er hinaus. Sie nervte wirklich, aber Simon ließ sich nichts anmerken. Ich bewunderte ihn für seine Gelassenheit. Fast erfreut, ja, säuselnd klang er, als würde er nett plaudern und nicht hart arbeiten. Aber das kriegte ich nur am Rande mit, denn ich war schrecklich müde in dieser Zeit. Mimou hatte sich nämlich angewöhnt, jede Nacht um drei neben meinem Bett aufzutauchen. »Mau«, immer wieder, maulig, anklagend, fordernd. So laut, dass kein Mensch schlafen konnte. Abgesehen von Simon, der selig neben mir schnarchte. Sie maunzte so lange, bis ich schließlich aufstand und ihr zur Terrassentür folgte. Anfangs dachte ich, sie wolle in den Garten. Aber das wollte sie nicht. Es war mehr dieses Schrödinger-Ding, sie wollte beides, sie wollte gleichzeitig drinnen und draußen sein, sehr lange, während die eisige Nachtluft um meine nackten Beine strich.

»Was machst du denn da?« Es war in der fünften oder sechsten Nacht, als Simon dann doch aufwachte. Ich zeigte hilflos auf Mimou. »Sie weiß nicht, was sie will.« Ich bemühte mich, jeden Vorwurf aus meiner Stimme zu halten.

»Komisch«, sagte er und ging aufs Klo.

»Du stehst ja immer noch da«, sagte er, als er zurückkam.

»Ja, was soll ich denn machen?« Ich merkte, dass ich etwas gereizt klang. »Vielleicht ist sie ja krank«, fügte ich darum schnell und mitfühlend hinzu. »Womöglich wird sie dement, das könnte ja sein, in ihrem Alter.« Der Gedanke war mir einfach so gekommen. Und wärmte mir die Seele wie ein goldener Hoffnungsstrahl. Bis Simon lachte. »In ihrem Alter? Wie meinst du denn das? Das Biest ist höchstens zwei Jahre alt.«

Ich erstarrte. »Aber du hast doch gesagt ... du bist doch mit ihr aufgewachsen, wie deine Schwester hast du gesagt ...«

Er lachte wieder. »Ich bitte dich – das war doch nicht diese Mimou, sondern eine ihrer Vorgängerinnen. Ich bin über dreißig, so gut rechnen müsstest sogar du können.« Dann kratzte er sich am Gemächt, bückte sich, packte Mimou und warf sie ziemlich brutal auf die Terrasse. »Jetzt komm ins Bett, die ganze Bude kühlt ja aus.«

Ich ging mit ihm zurück ins Schlafzimmer. Wartete, bis

er schnarchte, stand dann leise auf, um Mimou wieder reinzulassen. An Schlaf war ohnehin nicht mehr zu denken, ich war zu erschüttert. Natürlich war ich davon ausgegangen, dass Mimou eine sehr, sehr alte Katze ist. Das war doch die Basis für den ganzen Kompromiss. Ein paar Monate, ein Jahr im schlimmsten Fall. Jetzt war klar, dass wir von Jahren sprachen, sehr vielen Jahren womöglich, mit Katzenklo und Katzenhaaren. Ohne Kuscheln auf dem Sofa, dafür Zähne und Krallen, diese Blicke, dieser Hass. Und »Mau«, Tag und Nacht. Das ging gar nicht! Das würde weder ich überstehen noch unsere Beziehung.

Ich musste etwas unternehmen.

Blöderweise fiel mir nicht ein, was. Ich war in dieser Zeit ziemlich unkonzentriert und vergesslich, nachlässig sogar. Ständig habe ich die Fenster auf Kipp gelassen. Habe vergessen, den Schrank mit den Plastiktüten zu schließen, den tückischen Wollkorb ins Sideboard zu räumen oder das Badewasser aus der Wanne zu lassen. Der Eimer mit der Domestos-Brühe stand tagelang offen neben dem Katzennapf in der Küche. Es war ein großes Glück, ja, eigentlich ein Wunder, dass Mimou in dieser Zeit nichts zugestoßen ist. In dieser Phase, in der in mir trotz allem die vage Hoffnung keimte, dass Simon sich womöglich vertan hatte und Mimou doch viel älter war. Das hätte nämlich die Tollpatschigkeit erklärt, die sie an den Tag legte. Auffallend ungeschickt war sie plötzlich; fast wäre der Becher mit dem kochend heißen Tee in meinem Schoß gelandet. Die brennende Kerze im eigentlich katzensicheren Adventkranz, den sie vom Tisch fegte, hätte um ein Haar nicht nur den Teppich, sondern die ganze Wohnung abgefackelt.

Und dass mich der große, gusseiserne Topf, der oben auf dem Küchenschrank stand, nur um Haaresbreite verfehlte, war wirklich reiner Zufall.

Und dann kam der Tag, an dem ich den Baumschmuck aus dem Keller holen wollte. Ich hatte gerade die Tür aufgemacht, tastete mit der Hand nach dem Lichtschalter und mit dem Fuß nach der ersten Stufe. Plötzlich war da ein Schatten, der sich blitzschnell um meine Knöchel wickelte. Ich strauchelte, stolperte, stürzte – und hätte sich meine Strickjacke nicht am Geländer verhakt, wäre die Sache schlimm ausgegangen.

»Mau«, machte Mimou, als ich mich geschockt aufgerappelt hatte. Und ich schwöre, es klang enttäuscht. »Mau«, frustriert und zornig, und ich starrte auf die Stufen, die steilen, tückischen Betonstufen, und stellte mir vor, dass ich um ein Haar da unten gelegen hätte. Mit gebrochenen Knochen im besten Fall. Mit einem gebrochenen Genick im schlimmsten. So wie Mutti. Genau wie die arme Mutti.

»Mau.« Mir wurde eiskalt.

Als Simon an dem Abend nach Hause kam, war er ziemlich erledigt, aber darauf konnte ich keine Rücksicht nehmen.

»Ich weiß, du liebst sie«, sagte ich ganz ruhig, und Simon zuckte zusammen und schaute alarmiert. »Aber Mimou ist nicht die, für die du sie hältst«, fuhr ich rasch fort, um es hinter mich zu bringen. Simon lachte, irgendwie klang er erleichtert, trotzdem nervös. Vielleicht ahnte er, dass ich jetzt aussprechen würde, was er nicht hören wollte. »Sie hat deine Mutter auf dem Gewissen. Und bei mir hat sie es auch versucht, vorhin, an der Kellertreppe. Und es war nicht das erste Mal.« Ich räusperte mich und vermied es, in Mimous Richtung zu schauen, denn sie ließ mich keine Sekunde aus ihrem hasserfüllten Blick.

»Ich weiß, du liebst sie. Aber du musst der Wahrheit ins Gesicht sehen. Sie ist eine mörderische Bestie!«

»Mau«, ganz harmlos und lieb. Mimou lief zu Simon, schmiegte sich schnurrend an sein Bein. Und Simon starrte mich ungläubig an. »Bist du völlig durchgeknallt? Du bist ja paranoid! Du hast nicht mehr alle Latten am Zaun!« Wieder lachte er. Ungläubig, gar nicht mitfühlend oder freundlich. Und ich fing an zu weinen.

»Herrgott, jetzt werd nicht gleich hysterisch«, stöhnte Simon und rollte die Augen.

Und ich holte Luft, um ihm alles zu erzählen vom heißen Tee, vom Feuer, von dem schweren Topf – aber da rief wieder mal Suse an. So ging ich einfach zu Bett, versuchte, mich zu beruhigen. Ich war enttäuscht und verletzt von Simons Reaktion und völlig durcheinander. Grübelnd lag ich wach, und als Simon endlich ins Bett kam, stellte ich mich schlafend. Aber es war ohnehin fast drei, und da schlich sich auch schon Mimou übers Parkett an. Ich wartete auf ihr »Mau«. Es blieb still. Stattdessen sprang sie plötzlich aufs Bett und gab ein komisches Geräusch von sich. Sie kotzte. Ein warmer Schwall ergoss sich auf mein Kopfkissen, meinen Kopf, saure, stinkende Katzenkotze in meinen Haaren, meinem Ohr, meinem Gesicht.

Ich verlor die Fassung. »Ich kann nicht mehr«, kreischte ich. »Ich halte das nicht mehr aus, das Vieh muss weg, sie macht das mit Absicht, weil ich sie durchschaut habe. Sie will mich ermorden, genau wie deine Mutter.« Ich schnappte nach Luft. »Ich hasse Katzen, ich hasse mein Leben! Es reicht!«

»Allerdings!« Simon sprang aus dem Bett. »Du bist echt nicht mehr normal! Wahrscheinlich hast du ihr etwas Falsches zu fressen gegeben oder das Katzenklo nicht gründlich sauber gemacht, womöglich hat sie Würmer! Herrgott, das ist doch ein Irrenhaus!« Er griff nach seinem Handy und verschwand ins Bad. Wenige Minuten später kam er zurück, warf das Handy aufs Bett und zog sich an. »Wenn man hier nicht mal eine Nacht durchschlafen kann, kann ich gleich wieder in die Agentur gehen. Und damit du es weißt – mir reicht es auch! Wenn du nicht mal imstande bist, dich um eine Katze zu kümmern, lassen wir das Vieh halt einschläfern, bevor es komplett verhaltensgestört wird. Dann hat die liebe Seele Ruh!«

Während ich mich noch fragte, welche Seele er da wohl meinte, stürmte er aus der Wohnung. Ließ mich einfach sitzen, voll mit Katzenkotze und Gedanken.

»Mau.« Es klang ein bisschen gedämpft, denn Mimou hatte sich unter der Kommode verkrochen. Sie klang so, wie ich mich fühlte. Entsetzt, total schockiert.

»Mau.« Sie kam wieder aufs Bett gesprungen. Zu mir, dieser Frau, die Katzen hasste. Die sich einbildete, kein Unmensch zu sein und keine Mörderin und trotzdem gerade ihren geliebten Partner dazu getrieben hatte, so etwas zu sagen. Ich hatte Simon zum Mörder gemacht, zum Schwestermörder gewissermaßen.

»Es tut mir leid«, sagte ich zu Mimou. »Er hat das nicht so gemeint«, versicherte ich ihr und womöglich auch mir selbst. »Er würde dich nie umbringen. Er liebt dich doch!«

Ich streckte meine Hand aus und kraulte Mimou vorsichtig am Kopf. Ich hasse Katzen, aber ich spürte, dass sie etwas Zuwendung brauchte. »Mau.« Sie schnurrte. »Ping« tönte es von Simons Handy, das er im Eifer des zornigen Abgangs vergessen hatte. Suse, natürlich Suse, dachte ich, während ich auf die Vorschau der Nachricht starrte: »Klar, mein wilder Kater. Komm schnell zurück zu mir, ich vermisse deinen fantastischen Schw…«

…ung, dachte ich, während Mimou fauchte. Suse vermisste Simons Schwung, seine Energie und die Liebe, die er nun in die Arbeit steckte und nicht mehr in mich. Klar, dass sie kaum erwarten konnte, dass er zurück in die Agentur kam, sie wusste ihn zu schätzen, Suse verstand meinen wunderbaren Simon, den ich doch auch vermisste, nicht nur in diesem Moment, sondern ständig in letzter Zeit. Mimou fauchte erneut und schlug mir das Handy aus der Hand.

»So geht das nicht weiter. Mimou, so geht das wirklich nicht weiter!«

»Mau.« Es klang irgendwie zustimmend, und Mimou rieb ihr Köpfchen an mir, trotz Kotze und Gestank, wirklich lieb und irgendwie niedlich.

Und da fiel mir die Lösung ein. Die perfekte Lösung!

Am nächsten Tag habe ich mich bei Facebook angemeldet und bin sämtlichen Katzengruppen beigetreten, die ich finden konnte. Stundenlang habe ich mich durch niedliche Videos und Bilder geklickt, mit Likes und Herzchen nur so um mich geworfen, begeistert kommentiert. Und geschwärmt. Von Mimou, meiner süßen Fellnase. Lauter niedliche Dinge habe ich erfunden, die sie angeblich gemacht hat. Und Mimou saß neben dem Laptop auf dem Tisch und starrte auf den Bildschirm. Zwischendurch musste ich mir immer wieder in Erinnerung rufen, dass sie nicht lesen konnte, denn ihr »Mau« klang fast begeistert. Sie vergaß sogar, nach meinen Händen zu schlagen, wenn ich tippte. Dass sie ziemlich schlau war, wusste ich. Dass sie außerdem ziemlich schön war, ist mir allerdings erst aufgefallen, als ich begann, sie zu fotografieren. Bei den niedlichen Sachen, die sie dann tatsächlich gemacht hat. Die wir gepostet haben, um mit Likes und Herzchen überhäuft zu werden. Irgendwann habe ich es sogar mit gemeinsamen Selfies versucht, und sie hat sich richtig ins Zeug gelegt. Nun, da wir ein gemeinsames Ziel hatten, verstanden wir uns richtig gut. Simon gegenüber war sie allerdings zickig. Sie fauchte ihn an, schlug nach ihm und biss ihn in die Füße, und auf seinen Schoß oder Bauch wollte sie schon gar nicht mehr. Aber er war ja sowieso kaum da, und obwohl ich mir gewünscht hätte, dass sie ihm verzeiht, verstand ich, dass sie das nicht konnte. Womöglich war etwas zwischen ihr und Simon zerbrochen in jener Nacht. Etwas, das sich vielleicht nicht mehr kitten ließ. Der Gedanke war traurig. Und hat mich trotzdem getröstet in den Momenten, in denen sie schnurrend auf meinem Schoß lag. Wenn wir es richtig schön hatten, wir beide, und ich darum fast an meinem perfiden, aber genialen Plan gezweifelt habe.

Bis Weihnachten wollte ich warten, weil die Feiertage ja bekanntlich Herzen weit und weich machen. Gleich danach würde ich dann online von der schlimmen Allergie berichten, die mich aus dem Nichts befallen hatte. Heimtückische, potenziell tödliche Asthma-Attacken, die mich zwangen, mein geliebtes Samtpfötchen abzugeben. Sie würden sich reißen um Mimou, all diese Menschen, die Katzen so mochten, sich von Post zu Post mehr in Mimou verliebten, schon, weil sie ja wirklich die schönste, klügste und niedlichste Katze von allen war. Sie würde ein neues Zuhause finden, geliebt und verhätschelt werden, und ich konnte wieder ich selbst sein, mich auf Simon konzentrieren, mich um ihn kümmern, liebe- und verständnisvoll. So wie Heiligabend. Obwohl er da wieder in die Agentur musste. Und ziemlich gereizt war, weil Mimou irgendwie das Päckchen mit meinem Weihnachtsgeschenk aus seiner Tasche geangelt hatte. Die schöne Seidenunterwäsche hatte sie zerfetzt, und Simon war stinksauer. »Jetzt mach doch nicht so ein Drama draus«, sagte ich, »ist doch nur Unterwäsche.« Ziemlich schicke, zugegeben, aber sowieso nicht meine Größe, und ziemlich gewagt, so gar nicht mein Stil. »Ich brauche kein Geschenk, wirklich nicht«, beruhigte ich ihn, bevor er ging, und ich die Zeit nutzen konnte, um den Baum zu schmücken, das Essen vorzubereiten, den Tisch zu decken. Mich schick zu machen, zwischendrin noch ein paar Selfies mit Mimou zu schießen, auf denen wir beide Nikolausmützen trugen – ganz entzückend sah das aus, und wir hatten binnen Sekunden Likes und Herzchen im dreistelligen Bereich. Mimou war ein bisschen aufgeregt, wegen Vorfreude und Baum, und darum ist ihr dann, als Simon endlich nach Hause kam, doch ein kleines Malheur passiert. Mit der Steckdose, in der die Lichterkette vom Tannenbaum steckte. Sie musste irgendwie blöd am Kabel gezogen haben, so dass die Steckdose halb aus der Wand hing. Sie funktionierte noch, deshalb wollte

Simon sie so lassen, aber ich habe ihn daran erinnert, wie gefährlich das für Mimou ist. Er murrte etwas, holte aber dann den Werkzeugkasten und machte die Sicherung im Flur raus. Während er im Wohnzimmer auf dem Boden lag und an den Kabeln fummelte, kümmerte ich mich in der Küche um den Braten. Ich wollte gerade ins Wohnzimmer, um zu sehen, wie weit Simon war. Im Flur war es ohne Strom düster. Plötzlich schnellte wie aus dem Nichts ein Schatten in die Höhe, hinauf zum offenen Sicherungskasten. Für den Bruchteil einer Sekunde war es sehr hell, ein gellender Schrei, ein Knall – und dann war es wieder stockdunkel.

Ich stehe im Wohnzimmer neben der festlich gedeckten Tafel, auf der die Weingläser im Kerzenschein funkelten. Starre auf den Baum, den wunderschönen, edel geschmückten Baum, mit dem ich mir so viel Mühe gegeben habe, weil es doch perfekt sein sollte, unser erstes Weihnachten in der gemeinsamen Wohnung. Perfekt sein könnte, denke ich, während ich da stehe, umgeben von glitzernder Herrlichkeit. Wenn nur die Leiche nicht wäre, diese verdammte blöde Leiche unter dem Baum. Simons Leiche.

Ich schluchze auf. Lasse mich weinend aufs Sofa fallen, kraftlos, fassungslos.

Mimou springt auf meinen Schoß. »Mau.« Es klingt traurig.

»Ich werde ihn auch vermissen.«

»Mau.« Diesmal klingt es ein bisschen schuldbewusst.

»Nein, Mimou, es war ein Unfall! Du bist eine Katze, du kannst nichts dafür!« Und obwohl ich schrecklich traurig bin, bin ich auch erleichtert, weil ich merke, dass von meiner Paranoia nichts mehr übrig ist.

»O Gott, Mimou, was sollen wir denn jetzt bloß machen?«

»Mau.« Irgendwie klingt es, als wisse Mimou die Antwort.

QUELLENVERZEICHNIS

Petra Busch
Unterm Holunderbaum, S. 20
Originalbeitrag © Petra Busch. Abdruck mit freundlicher Genehmigung der Autorin.

Claire Beyer
Flosse 1903, S. 52
Originalbeitrag © Claire Beyer. Abdruck mit freundlicher Genehmigung der Autorin.

Dorette Deutsch
Die Katzenschule von Pellestrina, S. 146
Originalbeitrag © Dorette Deutsch. Abdruck mit freundlicher Genehmigung der Autorin.

Roberta Gregorio
Parmenides' Weihnachtswunder, S. 130
Originalbeitrag © Roberta Gregorio. Abdruck mit freundlicher Genehmigung der Autorin.

Carsten Henn
Hoch hinauf, S. 7
Originalbeitrag © Carsten Henn. Abdruck mit freundlicher Genehmigung des Autors.

Gabriela Jaskulla
Der Birkenfreund, S. 103
Originalbeitrag © Gabriela Jaskulla. Abdruck mit freundlicher Genehmigung der Autorin.

Petra Kleinert
Tom und Pina oder Späte Liebe, S. 88
Originalbeitrag © Petra Kleinert. Abdruck mit freundlicher Genehmigung der Autorin.

Tatjana Kruse
Feliz Navidad, Killer-Kitty!, S. 119
Originalbeitrag © Tatjana Kruse. Abdruck mit freundlicher Genehmigung der Autorin.

Renée Legrand
Katzenjammer, S. 162
Originalbeitrag © Renée Legrand. Abdruck mit freundlicher Genehmigung der Autorin.

Theresa Prammer
Miau-ry Christmas, S. 43
Originalbeitrag © Theresa Prammer. Abdruck mit freundlicher Genehmigung der Autorin.

Christian Schnalke
Kurisumasu, S. 64
Originalbeitrag © Christian Schnalke. Abdruck mit freundlicher Genehmigung des Autors.